Raymond Carver

Les trois roses jaunes

Traduit de l'anglais
par François Lasquin

Payot

Les nouvelles de ce recueil sont extraites de :
WHERE I'M CALLING FROM,
NEW AND SELECTED STORIES
(The Atlantic Monthly Press, New York)

Boxes (Cartons),
Whoever Was Using this Bed (Débranchés),
Elephant (L'éléphant),
Blackbird Pie (Le bout des doigts)
et *Errand* (Les trois roses jaunes)
ont paru à l'origine dans *The New Yorker*.

Raymond Carver est né à Clatskanie (Oregon). Issu d'un milieu très pauvre, celui des bûcherons et des pêcheurs de la côte nord du Pacifique, il occupe divers emplois (pompiste, veilleur de nuit, chauffeur de poids lourds, concierge dans un hôpital) pour subvenir aux besoins de sa famille. Il n'en renonce pas moins à son désir, qui est d'écrire. Ses premières nouvelles paraissent dans des magazines au début des années soixante, et il est très vite reconnu comme un maître du genre. Le *New Yorker* signe avec lui un contrat exclusif et l'université de Syracuse lui offre un poste d'écrivain résident. Dès lors, les distinctions et les prix littéraires se succèdent. Il publie trois recueils de nouvelles, traduites en français sous les titres de *Parlez-moi d'amour*, *Tais-toi, je t'en prie* et *Les vitamines du bonheur*.

Les trois roses jaunes est son quatrième ouvrage traduit en français. En mai 1988, il est reçu à l'American Academy and Institute of Arts and Letters et publie *Where I'm calling from,* sélection de textes anciens accompagnée de sept nouvelles inédites. Il meurt en août 1988, des suites d'un cancer.

L'homme ne peut jamais savoir ce qu'il faut vouloir car il n'a qu'une vie et il ne peut ni la comparer à des vies antérieures ni la rectifier dans des vies ultérieures.

Milan KUNDERA,
L'insoutenable légèreté de l'être.

A Tess Gallagher

Cartons

Ma mère a fait ses paquets, elle est prête à partir. Mais le dimanche après-midi, au tout dernier moment, elle téléphone pour nous proposer de venir manger avec elle.

— J'ai mis le frigidaire à dégivrer, m'explique-t-elle. Il faut bien que je fasse cuire ce poulet avant qu'il ne se gâte.

Elle me dit qu'il faut que nous amenions nos assiettes, des couteaux, des fourchettes. Elle a déjà emballé le plus gros de sa vaisselle et de ses ustensiles.

— Venez donc manger une dernière fois avec moi, Jill et toi, me dit-elle.

Après avoir raccroché, je reste encore un moment debout à la fenêtre. Tout ça doit bien avoir un sens, mais j'ai beau me creuser la tête, je ne le trouve pas. A la fin, je me tourne vers Jill et je lui dis :

— Allons chez ma mère pour un repas d'adieu.

Jill est assise, un catalogue de chez Sears ouvert devant elle sur la table. Elle est en train de nous chercher des rideaux. Mais elle a entendu toute la conversation. Elle fait la grimace.

— On est obligés ? demande-t-elle.

Elle corne la page, ferme son catalogue et pousse un soupir.

— Bon sang, rien que ce mois-ci on a déjà été manger chez elle deux fois, ou trois. Quand est-ce qu'elle va se décider à partir pour de bon ?

Jill dit toujours ce qu'elle a sur le cœur. Elle a trente-cinq ans et porte les cheveux taillés court. Elle est toiletteuse pour chiens. Avant d'exercer ce métier, qui lui plaît bien d'ailleurs, elle était ménagère et mère de famille. Et puis les coups durs se sont mis à pleuvoir. Son premier mari a kidnappé leurs deux gamins et il est parti vivre en Australie avec eux. Son deuxième mari était alcoolique. Un beau jour, après lui avoir crevé un tympan, il a pris leur voiture et il est allé se jeter dans l'Elwha River en défonçant le parapet d'un pont. Il n'avait pas d'assurance sur la vie, et l'assurance de la voiture ne couvrait pas ce genre de risques. Jill a dû s'endetter pour payer les obsèques, et là-dessus — un comble ! — on lui a présenté la facture pour la réfection du pont. En plus, il a fallu qu'elle règle les honoraires du médecin. A présent, elle s'est remise en selle. Elle peut raconter cette histoire. Mais avec ma mère, elle a épuisé toute sa patience. Moi aussi, j'ai épuisé toute ma patience. Mais moi, je n'ai pas le choix.

— Elle s'en va après-demain, dis-je. Tu sais, Jill, c'est pas la peine de te forcer. Tu veux venir avec moi ou pas ?

Je lui dis que ça m'est égal, que pour moi c'est du pareil au même. Je dirai qu'elle a la migraine. Ce ne sera pas mon premier mensonge.

— Je viens, dit-elle.

Et là, brusquement, elle se lève et va s'enfermer dans la salle de bains, où elle se réfugie volontiers quand elle boude.

On s'est mis ensemble au mois d'août dernier, et il a fallu que ma mère choisisse ce moment-là pour

quitter la Californie et venir s'installer ici, à Long-
view. Jill a essayé de prendre la chose du bon côté.
Mais nous n'étions prêts ni l'un ni l'autre à voir ma
mère débarquer juste au moment où on essayait de
s'organiser une vie de couple. Jill avait déjà vécu une
situation analogue avec la mère de son premier mari.
« C'était un vrai crampon, me disait-elle. Tu vois ce
que je veux dire ? Elle m'étouffait complètement. »

En toute justice, je dois reconnaître que ma mère
considère Jill comme une intruse. A ses yeux, elle
n'est qu'une créature de plus dans la longue série
de créatures qui se sont succédé dans ma vie depuis
que ma femme m'a quitté. Quelqu'un qui menace
d'accaparer l'affection, l'attention et même une partie
de l'argent qui devraient normalement lui échoir. Et
qui ne mérite pas le moindre respect, oh non. Je me
souviens (ce sont des choses qu'on n'oublie pas)
qu'elle traitait ma femme de roulure avant notre
mariage et qu'elle s'est remise à la traiter de roulure
quinze ans plus tard, après qu'elle m'eut quitté pour
un autre homme.

Quand elles se retrouvent ensemble, Jill et ma mère
sont plutôt aimables l'une avec l'autre. Elles s'em-
brassent pour se dire bonjour et au revoir. Elles
parlent des dernières promotions du supermarché.
Mais Jill redoute les moments qu'elle est obligée de
passer en compagnie de ma mère. Elle dit que ma
mère la déprime. Qu'elle voit tout en noir, qu'elle en
veut au monde entier, et qu'elle devrait se trouver un
exutoire comme les autres personnes de son âge. Faire
du crochet, peut-être, ou aller taper le carton au Club
du troisième âge. Ou même aller à la messe, tiens.
N'importe quoi, du moment qu'elle nous lâche un
peu. Mais ma mère a résolu le problème à sa manière,
en nous annonçant qu'elle allait retourner en Califor-

nie. Elle en avait soupé de cette ville et de ses
habitants. A-t-on idée de vivre dans un trou pareil !
Même si on lui avait fait cadeau de sa maison et de six
autres semblables, elle n'aurait pas continué à vivre
dans ce patelin.

Aussitôt après avoir pris sa décision, le lendemain
ou le surlendemain, elle a emballé toutes ses affaires
dans des cartons. C'était en janvier. Ou en février, je
ne sais plus. Mais en tout cas pendant l'hiver.
Maintenant, nous sommes fin juin. Voilà bientôt six
mois que sa maison est pleine de cartons. Il faut les
contourner ou les enjamber pour passer d'une pièce à
l'autre. Avoir une mère qui vit comme ça, c'est pas la
joie.

Au bout de dix petites minutes, Jill ressort de la
salle de bains. J'ai trouvé un mégot de joint et je
m'échine à tirer dessus tout en vidant une bouteille de
ginger ale et en observant un voisin qui fait la vidange
de sa voiture. Sans même m'accorder un regard, Jill
passe dans la cuisine et met des assiettes et des
couverts dans un sac en papier. Mais quand elle
retraverse le living dans l'autre sens, je me lève et je la
prends dans mes bras. « Ça va bien, allez », me dit-
elle. Qu'est-ce qui va bien ? Je n'en sais rien. Moi, je
trouve que rien ne va bien. Mais Jill me serre sur son
cœur et elle me tapote l'épaule. Elle sent le shampooing pour chien. Elle ramène cette odeur de son
travail, et elle la traîne partout. Même au lit, elle sent
le shampooing pour chien. Elle me tapote l'épaule une
dernière fois, puis nous sortons, nous montons en
voiture et nous mettons le cap sur la maison de ma
mère, qui habite à l'autre bout de la ville.

Moi, cette ville, je m'y plais bien. Au début, je ne l'aimais pas. Le soir, je ne savais jamais quoi faire, et la solitude me pesait. Et puis j'ai fait la connaissance de Jill. Au bout de quelques semaines, elle a amené ses affaires et nous nous sommes mis en ménage. On ne tirait pas de plans sur la comète. On était heureux ensemble, et la vie à deux nous convenait. On se répétait qu'on avait enfin tiré le bon numéro. Mais ma mère ne savait pas quoi faire de sa peau. Elle m'a écrit pour m'annoncer qu'elle avait décidé de venir vivre ici. Je lui ai répondu qu'à mon avis ce n'était peut-être pas génial, comme idée. Je lui ai dit que les hivers étaient très durs. Qu'un pénitencier était en chantier à quelques kilomètres de la ville. Qu'en été les touristes causaient d'affreux embouteillages. Mais j'aurais aussi bien pu pisser dans un violon, et elle est venue quand même. Et puis, un mois à peine après son arrivée, elle m'a déclaré que la ville lui sortait par les trous de nez. A l'entendre, on aurait pu croire qu'elle y était venue par ma faute et que j'étais la cause de toutes ses contrariétés. Elle s'est mise à me téléphoner régulièrement pour me dire tout le mal qu'elle pensait de ce bled infect. « Elle essaie de te culpabiliser », me disait Jill. Elle se plaignait des autobus, qui n'étaient pas fichus d'assurer convenablement leur service, et de leurs chauffeurs, qui étaient aimables comme des portes de prison. Le Club du troisième âge? Bah! Jouer au casino, toute la journée, merci bien! « Qu'ils aillent au diable, m'a-t-elle dit, eux et leurs parties de cartes! » Les caissiers du supermarché la traitaient par-dessous la jambe, et à la station-service ils se fichaient d'elle et de sa voiture comme de l'an quarante. Quant à Larry Hadlock, le propriétaire de sa maison, c'était bien simple : elle ne pouvait pas le voir en peinture. Elle l'appelait « le roi Larry ».

« Sous prétexte qu'il a quelques bicoques à louer et un peu de galette, il se croit supérieur à tout le monde. En voilà encore un que je me passerais bien de connaître ! »

A son arrivée, au mois d'août, elle avait trouvé la chaleur insupportable. En septembre, il s'est mis à pleuvoir, et il a plu quasiment chaque jour pendant un mois entier. En octobre, on a eu un coup de froid. En novembre et en décembre, il a neigé. Pendant tout ce temps-là, elle me disait pis que pendre de la ville et de ses habitants. J'en avais vraiment jusque-là de l'entendre déblatérer comme ça. Et un jour, j'ai fini par le lui dire. Elle a fondu en larmes, je l'ai serrée dans mes bras et je me suis dit que ça s'arrêterait là. Mais quelques jours plus tard, c'est reparti. Les jérémiades ont repris. Juste avant Noël, elle m'a appelé pour savoir si j'allais bientôt lui apporter ses cadeaux. Elle m'a annoncé qu'elle n'avait pas fait d'arbre de Noël, et qu'elle ne comptait pas en faire. Après, elle a ajouté autre chose. Elle m'a dit qu'elle se tuerait si le temps ne s'améliorait pas.

— Tu délires, ou quoi ? lui ai-je dit.

— Non, mon chéri, je suis sérieuse. Cette ville, je voudrais ne plus la voir que du fond d'un cercueil. Je la hais, cette bon dieu de ville. Je ne sais pas ce qui m'a pris de venir vivre ici. Je voudrais être morte, et qu'on n'en parle plus.

Je me souviens d'être resté longtemps muet, le téléphone collé à l'oreille, en observant les mouvements d'un ouvrier qui trafiquait un câble électrique, juché au sommet d'un poteau. La neige tourbillonnait autour de sa tête. A un moment, il s'est penché dans le vide. Il n'était retenu que par sa ceinture de sécurité. Et s'il tombait ? ai-je pensé. Je ne voyais vraiment pas ce que j'aurais pu dire. Pourtant, il fallait bien dire quelque chose. Mais j'avais la tête pleine de pensées mesquines, de sentiments inavouables. A la fin, j'ai bredouillé :

— Tu es ma mère. Comment puis-je t'aider ?

— Mon chéri, tu ne peux rien y faire. Le moment où l'on pouvait encore y faire quelque chose est passé. Il est trop tard pour y changer quoi que ce soit à présent. J'aurais tellement aimé me plaire ici. Je m'étais figuré qu'on irait faire des pique-niques, des balades en voiture. Mais il n'en a rien été. Tu es tellement occupé. Vous travaillez tout le temps, toi et Jill. Vous n'êtes jamais là. Et quand par hasard vous êtes à la maison, le téléphone est débranché toute la journée. Moi en tout cas, je ne vous vois jamais, a-t-elle conclu.

— Non, ce n'est pas vrai, ai-je dit.

Et de fait, ce n'était pas vrai. Mais elle a continué comme si de rien n'était. M'avait-elle seulement entendu ?

— Et puis ce climat, moi, ça me rend malade. Ce n'est pas possible, un froid pareil. Si tu m'avais dit que c'était le pôle Nord, je ne serais jamais venue. Je veux retourner en Californie, mon chéri. En Californie, il y a des endroits où aller. Je peux sortir. Ici, où veux-tu que j'aille, hein ? En Californie, il y a des gens. J'y ai des amis qui se soucient de ce qui m'arrive. Ici, tout le monde s'en fiche. Enfin, Dieu veuille que je tienne le coup jusqu'en juin. Si d'ici là je n'ai pas passé l'arme à gauche, je quitterai cette ville sans espoir de retour. Jamais je n'ai vécu dans un endroit aussi affreux.

Qu'est-ce que j'aurais bien pu lui dire ? Rien ne me venait. Le climat, mieux valait ne pas s'appesantir dessus. C'était un point vraiment trop épineux. On a pris congé l'un de l'autre et on a raccroché.

L'été, la plupart des gens prennent des vacances.
Ma mère, elle, déménage. Voilà des années qu'elle fait
ça. Depuis que mon père s'est retrouvé au chômage.
Quand il s'est fait licencier, ils ont vendu leur maison,
comme si c'était la seule issue possible, et ils sont
partis en quête de cieux plus cléments. Mais là où ils
sont arrivés, la situation n'était pas plus brillante.
Alors ils sont repartis. Ils déménageaient à tout bout
de champ. Ils vivaient en location dans des maisons,
des appartements, des mobile homes, parfois même
au motel. Ils déménageaient sans trêve, en se déles-
tant d'une partie de leurs biens à chaque nouveau
départ. Par deux fois, ils ont atterri dans un patelin où
j'habitais. Ils s'installaient avec ma femme et moi,
vivaient avec nous quelque temps, et repartaient. Ils
transhumaient en quelque sorte, comme certaines
bêtes, sauf que leurs déplacements à eux n'obéissaient
à aucune logique définie. Ils ont erré d'un lieu à
l'autre pendant de longues années. Leur quête de
pâturages plus verts les entraînait parfois au-delà des
frontières de l'État, mais c'était rare. En général, leurs
pérégrinations restaient limitées à la Californie du
Nord. Quand mon père est mort, j'ai cru que ma mère
s'arrêterait de vagabonder, qu'elle allait enfin se fixer
quelque part. Mais non. Elle déménageait toujours
autant. Un jour, je lui ai suggéré d'aller voir un
psychiatre. Je lui ai même offert de le payer de ma
poche. Mais au lieu de m'écouter elle a fait ses malles
et elle est partie s'installer ailleurs. Il fallait vraiment
que je sois à bout pour en venir à lui parler d'un
psychiatre.
    Elle était toujours en train d'emballer ou de débal-
ler ses affaires. Il arrivait qu'elle déménage deux ou
trois fois au cours de la même année. Elle parlait avec
ressentiment de l'endroit qu'elle quittait et avec

optimisme de celui où elle se rendait. La poste ne s'y
retrouvait plus, sa pension était expédiée ailleurs, et
elle passait des heures à écrire des lettres pour essayer
de remettre de l'ordre dans tout ça. Il lui arrivait de
quitter un immeuble pour aller s'installer dans un
autre appartement à cinq cents mètres de là, puis de
revenir au bout d'un mois dans l'immeuble qu'elle
venait de quitter, mais à un autre étage ou dans un
autre bâtiment. C'est pour ça que, quand elle est
venue s'installer ici, je lui ai loué une maison en
veillant à ce qu'elle soit meublée et équipée à son
goût. « C'est sa bougeotte qui la fait vivre, m'expli-
quait Jill. Ça lui donne une occupation. Elle doit
sûrement en tirer une espèce de plaisir pervers. »
Plaisir ou pas, Jill est d'avis que ma mère n'a plus
toute sa tête. Elle n'a pas tort, je crois. Mais peut-on
dire à sa propre mère qu'on la croit timbrée ? Et quelle
attitude adopter en face de ça ? Être timbrée ne
l'empêche pas de faire des plans, de tramer son
prochain déménagement.

Quand nous nous garons dans l'allée, elle nous
attend à la porte de derrière. Ma mère a soixante-dix
ans. Elle a les cheveux gris et porte des lunettes à
monture de strass. De toute sa vie, elle n'a pas été
malade un seul jour. Elle embrasse Jill, puis elle
m'embrasse, moi. Elle a les yeux brillants, comme si
elle avait bu. Mais elle ne boit jamais une goutte
d'alcool. Elle y a renoncé il y a bien des années, quand
mon père a opté pour le régime sec. Les embrassades
terminées, nous entrons dans la maison. Il doit être
dans les cinq heures de l'après-midi. En humant le
fumet qui s'échappe de la cuisine, je m'aperçois

brusquement que je n'ai rien mangé depuis le matin.
L'effet du joint s'est dissipé.

— J'ai une faim de loup, dis-je.

— Quelle bonne odeur, dit Jill.

— J'espère que le goût sera bon aussi, dit ma mère.
Alors, que dit-il, ce poulet ?

Elle soulève le couvercle de la cocotte et pique la
poitrine du poulet de la pointe d'une fourchette.

— S'il y a une chose au monde que je déteste, c'est
un poulet mal cuit. Oui, je crois qu'il est à point. Mais
asseyez-vous donc, faites comme chez vous. Je n'arrive toujours pas à m'habituer à ce réchaud. Les
plaques chauffent trop vite. Moi, les cuisinières élec-
triques, j'ai jamais aimé ça. Vous n'avez qu'à ôter
tout ce bric-à-brac de la chaise, Jill. Je vis comme une
romanichelle dans cette baraque. Mais sous peu ça
sera fini, je l'espère.

Elle a vu que je cherchais un cendrier des yeux.

— Derrière toi, me dit-elle. Sur l'appui de la
fenêtre, chéri. Avant de t'asseoir, si tu nous servais un
verre de Pepsi ? Il faudra que tu te contentes de ces
gobelets en carton. J'aurais dû vous dire d'amener des
verres. Le Pepsi est assez frais ? Je n'ai pas de glaçons.
Ce frigidaire ne refroidit rien. Il ne vaut pas un pet de
lapin. Quand je fais de la glace, elle vire en soupe. Ce
frigidaire est le pire que j'aie jamais eu.

Elle embroche le poulet au bout de sa fourchette, le
fait passer dans un plat et pose le plat sur la table avec
des haricots, du coleslaw et du pain. D'un coup d'œil,
elle vérifie qu'elle n'oublie rien. Ah si : le sel et le
poivre !

— Asseyez-vous, nous dit-elle.

Nous tirons nos chaises jusqu'à la table. Jill sort les
assiettes et les couverts de son sac en papier et nous les
distribue.

— Où allez-vous habiter en Californie ? interroge-t-elle. Vous avez un endroit en vue ?

Tout en lui passant le poulet, ma mère répond :

— J'ai écrit à cette dame chez qui je louais dans le temps. Elle m'a répondu qu'elle avait un appartement de libre au premier, et qu'elle le tenait à ma disposition. L'arrêt du bus est à deux pas, et il y a plein de commerces dans le quartier. Il y a une banque, un Safeway. C'est épatant comme c'est situé. Je me demande pourquoi j'en suis partie.

En disant cela, elle se sert une portion de coleslaw.

— Mais oui, pourquoi en êtes-vous partie ? demande Jill. Puisque c'était si épatant et tout.

Elle lève sa cuisse de poulet, l'examine et mord dedans.

— Pourquoi ? Je vais vous le dire. Ma voisine était une vieille pocharde. Elle picolait sans arrêt. Les cloisons étaient minces comme du papier, et jour et nuit je l'entendais croquer des cubes de glace. Elle était infirme, et elle se servait d'un cadre de marche pour se déplacer, mais ça ne la retenait pas. Jour et nuit, j'entendais son appareil crisser sur le plancher : *cric, cric.* Et ensuite, la porte de son frigidaire qui claquait.

A l'idée de tout ce qu'elle a dû endurer, elle secoue la tête.

— Il fallait bien que je me tire de là. *Cric, cric,* du matin au soir. C'était insupportable. Non, ce n'est pas une vie, quand même. Ce coup-ci, j'ai bien précisé à ma logeuse que je ne voulais pas habiter à côté d'une alcoolique. Ni non plus au deuxième étage. Au deuxième, les fenêtres donnent sur le parking. Il n'y a rien à voir.

Elle attend que Jill lui dise autre chose. Mais

comme Jill ne fait aucun commentaire, les yeux de ma
mère se posent sur moi.

Je suis en train de m'empiffrer et je ne fais pas de
commentaire non plus. D'ailleurs, il me semble qu'il
n'y a rien à ajouter sur ce sujet. Sans cesser de
mastiquer, je laisse mon regard dévier sur les cartons
empilés contre le frigo. Ensuite je reprends du
coleslaw.

Mon assiette une fois vidée, je repousse ma chaise
en arrière. Par la fenêtre qui est en face de la table, je
vois Larry Hadlock garer son pick-up dans l'allée de
derrière, à côté de ma voiture. Sans regarder une seule
fois dans notre direction, il descend une tondeuse à
gazon de la plate-forme de son engin. Ma mère
s'arrête brusquement de manger.

— Qu'est-ce qu'il veut ? fait-elle.

— Apparemment, il va te tondre la pelouse, je
réponds.

— Ma pelouse n'a pas besoin d'être tondue. Il l'a
tondue la semaine dernière. Ça ne lui suffit pas ?

— C'est pour son prochain locataire, dit Jill. Des
fois qu'il serait à cheval là-dessus.

Ma mère médite un instant, puis elle se remet à
manger.

Larry Hadlock met sa tondeuse en marche et il
commence à tondre le gazon. On se connaît un peu,
Larry et moi. Quand je lui ai dit que c'était pour ma
mère, il a réduit le loyer mensuel de vingt-cinq
dollars. Larry est veuf. Il est grand, corpulent. Il doit
avoir dans les soixante-cinq ans. Il n'est pas heureux,
mais il a le sens de l'humour. Ses avant-bras sont
couverts de poils blancs et des mèches blanches
dépassent de sa casquette. Il a l'air d'un paysan
comme ceux qu'on voit dans les magazines en couleurs. Mais il n'a jamais cultivé la terre. C'est un

ouvrier du bâtiment à la retraite, qui avait mis un peu d'argent de côté. Au début, je m'étais laissé aller à imaginer que ma mère et lui prendraient quelquefois leurs repas ensemble, et que peut-être ils s'entendraient bien.

— Voilà le roi, dit ma mère. Le roi Larry. Ah, ce n'est pas donné à tout le monde d'être bourré de fric, de vivre dans une grande maison et de faire payer des loyers exorbitants au pauvre monde. Une fois que je serai partie d'ici, j'espère bien que je ne verrai plus jamais sa sale bobine, ce vieux rapiat. Mais finis-le donc, ce poulet, ajoute-t-elle à mon intention.

Je refuse d'un signe de tête et j'allume une cigarette. Larry passe devant la fenêtre en poussant sa tondeuse et il sort de mon champ de vision.

— Sa bobine, vous ne la verrez bientôt plus, dit Jill.

— Oui, Jill, et j'en suis ravie, croyez-moi. Mais je sais bien qu'il ne me rendra pas ma caution.

— Où vas-tu chercher ça ? dis-je.

— Je le sais, c'est tout, répond-elle. Les individus de son acabit, je les connais. Ils n'en ont jamais assez.

— D'ici peu, vous n'aurez plus rien à faire avec lui, dit Jill.

— Merci, mon Dieu.

— Mais il y en aura un autre tout pareil, dit Jill.

— Ça, Jill, je préfère ne pas y penser, répond ma mère.

Elle nous fait du café pendant que Jill débarrasse la table. Je rince les gobelets en carton, ensuite je les remplis de café et nous regagnons le living avec, en contournant une caisse qui porte l'inscription : « BIBELOTS ».

Larry Hadlock a disparu le long de la façade latérale. Devant la maison, la rue est pleine de véhicules qui roulent au pas et le soleil est sur le point de s'engloutir derrière un rideau d'arbres. La tondeuse fait un bruit infernal. Quelques corbeaux quittent le fil du téléphone et s'abattent sur le gazon fraîchement tondu de la pelouse de devant.

— Tu vas me manquer, mon chéri, dit ma mère. Vous aussi, vous me manquerez, Jill, ajoute-t-elle. Vous allez me manquer tous les deux.

Jill boit une gorgée de café et elle hoche la tête. Ensuite elle dit :

— J'espère que votre voyage se passera bien et que vous trouverez ce que vous cherchez au bout du chemin.

— Quand je me serai installée (et cette fois, ce sera pour de bon, croyez-moi), j'espère que vous viendrez me voir, dit ma mère.

Elle me regarde. Elle attend que je la rassure.

— Mais oui, nous viendrons, dis-je, mais au moment où les mots s'échappent de mes lèvres, je comprends que ce n'est pas vrai. C'est en Californie que ma vie entière s'est écroulée, et je ne veux pas y retourner.

— C'est dommage que vous ne vous soyez pas plu ici, dit Jill. Que vous n'ayez pas pu tenir. Vous savez que votre fils se fait énormément de souci à cause de vous ? Il en est malade.

— Jill..., dis-je.

Mais elle a un petit hochement de tête très sec et elle continue.

— Il en perd le sommeil. Des fois, il se réveille la nuit et il me dit : « Je ne peux pas dormir, ma mère m'obsède. » Voilà, conclut-elle en me regardant. Voilà, je l'ai dit. Mais ça me pesait, tu comprends.

— Vous croyez que je ne m'en fais pas, du mauvais sang, moi ? dit ma mère.

Ensuite elle ajoute :

— Il y a des femmes de mon âge qui sont heureuses. Pourquoi est-ce que je ne peux pas être comme elles ? Tout ce que je demande, c'est un toit sur la tête, dans une ville où j'aurais plaisir à habiter. Est-ce un crime ? J'espère que non. J'espère que je n'en demande pas trop à la vie.

Elle pose son gobelet par terre, au pied de son fauteuil, et elle attend que Jill lui réponde que non, elle n'en demande pas trop. Mais Jill reste muette, et bientôt ma mère se met à lui exposer comment elle compte s'y prendre pour être heureuse dorénavant.

Au bout d'un moment, Jill baisse les yeux sur son gobelet et elle boit une nouvelle gorgée de café. Elle n'écoute plus, je le vois bien. Mais ma mère continue à discourir. Sur la pelouse, les corbeaux progressent pas à pas à travers l'herbe coupée. La tondeuse émet un rugissement aigu, puis elle s'enraye : une motte de terre se sera coincée entre les lames. Quelques instants plus tard, après plusieurs essais infructueux, Larry parvient à la remettre en marche. Les corbeaux s'envolent et regagnent leur fil. Jill se cure un ongle. Ma mère nous explique qu'un brocanteur doit passer demain matin pour récupérer les meubles qu'elle ne veut ni charger dans sa voiture ni se faire expédier par autocar. Il prendra la table et les chaises, le poste de télé, le canapé et le lit. Mais il lui a dit qu'il n'avait pas l'usage de la table de bridge, aussi elle a décidé de la jeter, à moins que nous n'en voulions.

— Nous la prendrons, dis-je.

Jill me regarde. Elle va pour dire quelque chose, mais elle se ravise.

Demain après-midi, je chargerai les cartons de ma mère dans ma voiture, je les emmènerai à la gare routière et je les mettrai dans un Greyhound en

partance pour la Californie. Ma mère passera sa
dernière nuit chez nous, comme convenu. Et le
lendemain matin à la première heure, elle prendra la
route. Après-demain.

Elle parle toujours. A présent, elle nous décrit son
voyage par le menu. Elle roulera jusqu'à quatre
heures de l'après-midi, et là elle s'arrêtera dans un
motel. D'après ses calculs, elle devrait avoir atteint
Eugene avant la tombée de la nuit. Eugene est une
ville charmante. Elle y a déjà passé une nuit quand
elle a fait le même trajet dans l'autre sens. Elle
quittera le motel aux premières lueurs du jour, et si
Dieu lui prête assistance, elle arrivera en Californie
dans le courant de l'après-midi. Dieu l'aidera, elle en
est sûre. Il veille sur elle, pas de doute. Car sinon
comment expliquer qu'elle soit encore de ce monde ?
Dieu la destine à quelque chose. Ces temps-ci, elle
prie souvent. Et j'occupe une grande place dans ses
prières.

— Pourquoi priez-vous pour lui ? demande Jill.

— Parce que j'en ai envie, dit ma mère. Parce que
c'est mon fils. Qu'est-ce qu'il y a de mal à ça, hein ?
Est-ce qu'on n'a pas tous besoin que quelqu'un prie
pour nous ? Peut-être qu'il y a des gens qui s'en
moquent. Je n'en sais rien. Mais je ne sais plus grand-
chose, c'est vrai.

Elle porte une main à son front et rajuste une mèche
de cheveux qui s'est échappée de sa barrette.

La tondeuse émet d'ultimes crachotements, puis se
tait. Peu après, Larry surgit à l'angle de la maison en
traînant un tuyau d'arrosage. Il le met en place sur la
pelouse et retourne lentement sur ses pas pour ouvrir
le robinet. L'arroseur rotatif se met à tourner.

Ma mère entreprend de nous dresser la liste des
avanies que Larry lui a supposément fait subir depuis

qu'elle vit ici. A présent je ne l'écoute plus, moi non
plus. Je pense à la route qu'elle va reprendre une fois
de plus. Au fait qu'il n'y a pas moyen de la raisonner,
et personne au monde qui puisse l'en empêcher.
Qu'est-ce que je pourrais bien faire ? Je ne peux pas
l'attacher. Je ne peux pas la faire interner, quoiqu'on
en sera peut-être réduits à ça un jour. Je me ronge les
sangs à cause d'elle. C'est un vrai crève-cœur. Elle est
toute la famille qui me reste. Je suis navré qu'elle ne
se soit pas plu ici, et qu'elle ait décidé de s'en aller.
Mais je ne retournerai pas en Californie. C'est très
clair dans ma tête à présent. Et du coup, je me rends
compte qu'une fois qu'elle sera partie d'ici, je ne la
reverrai sans doute plus jamais.

Mon regard se fixe sur ma mère, et tout à coup elle
se tait. Jill relève les yeux. Elles me regardent toutes
les deux.

— Qu'est-ce que tu as, chéri ? dit ma mère.

— Ça ne va pas ? fait Jill.

Je me penche en avant sur mon fauteuil, je me
cache le visage dans les mains, et je reste dans cette
position. Je me sens bête, j'ai honte d'agir ainsi, mais
je ne peux pas m'en empêcher. La femme qui m'a mis
au monde et cette autre femme avec laquelle je vis
depuis à peine un an lâchent la même exclamation et
se lèvent d'un même élan pour se précipiter vers moi,
qui suis assis au bord de mon fauteuil, le visage enfoui
dans mes mains, comme un idiot. Je n'ouvre pas les
yeux. J'entends le bruit de l'arroseur qui fouette le
gazon.

— Qu'est-ce qu'il y a ? Quelque chose ne va pas ?
interrogent-elles.

— Si, si, ça va.

Et l'instant d'après, je me sens mieux. J'ouvre les

yeux, je me redresse, et je sors une cigarette de ma
poche.

— Vous voyez bien, dit Jill. Il est comme fou. Il se
fait tellement de souci à cause de vous qu'il en devient
fou.

Elle se tient d'un côté de mon fauteuil, et ma mère
est debout de l'autre côté. Elles auraient vite fait de
m'écarteler.

— Ah, si seulement je pouvais mourir et ne plus
être un boulet pour personne, dit ma mère d'une voix
très calme. Mon Dieu, je suis tellement fatiguée de
tout ça !

— Si on reprenait un peu de café ? dis-je. On
pourrait peut-être regarder les infos à la télé, dis-je. Et
après, il faudra qu'on se trotte, Jill et moi.

Deux jours plus tard, à l'aube, je fais mes adieux à
ma mère. Des adieux qui seront peut-être définitifs. Je
n'ai pas réveillé Jill. Elle va être en retard à son
travail, pour une fois, mais elle n'en mourra pas. Les
chiens attendront pour leurs bains, leurs soins de
beauté et tout. J'aide ma mère à descendre les
marches du perron en la tenant par le bras, et je lui
ouvre la portière de la voiture. Elle a mis un pantalon
blanc, un chemisier blanc, des sandales blanches. Elle
s'est tiré les cheveux en arrière et elle a noué un fichu
autour. Le fichu est blanc aussi. La journée s'annonce
belle. Le ciel est clair, et il bleuit déjà.

Une Thermos de café et un jeu de cartes routières
sont posés sur le siège du passager. Ma mère les
regarde comme si elle ne se souvenait pas d'être sortie
de la maison avec, il y a quelques minutes à peine.
Elle se retourne vers moi et me dit :

— Laisse-moi te serrer sur mon cœur une dernière fois. Laisse-moi te faire un câlin. Je sais qu'on ne se reverra plus avant longtemps.

Elle m'entoure le cou de ses bras, m'attire à elle, et se met à pleurer. Mais elle s'arrête presque aussitôt et elle recule d'un pas en se frottant les yeux de la paume.

— Je me suis juré de ne pas faire ça, et je ne le ferai pas. N'empêche, laisse-moi te regarder une dernière fois. Tu vas me manquer, mon chéri, dit-elle. Ça va être dur, mais je m'en sortirai. J'ai déjà survécu à tant de choses. Cette fois aussi je m'en sortirai, sûrement.

Elle s'installe au volant, met le contact et laisse le moteur chauffer un moment. Ensuite elle abaisse sa vitre.

— Toi aussi, tu vas me manquer, lui dis-je.

Et c'est vrai : elle va me manquer. C'est ma mère après tout, pourquoi est-ce qu'elle ne me manquerait pas? Mais, Dieu me pardonne, je suis heureux aussi que le moment soit venu, et qu'elle s'en aille enfin.

— Au revoir, dit-elle. Tu remercieras Jill pour le dîner d'hier soir. Et dis-lui au revoir pour moi, hein.

— Entendu, dis-je.

Et je reste là, les bras ballants. Je voudrais lui dire autre chose, mais rien ne me vient. Nous nous regardons longuement en essayant de nous sourire, de nous rassurer mutuellement. Et puis une ombre passe dans son regard. Je crois qu'elle pense à la route, à tous ces kilomètres qu'il va lui falloir avaler d'ici ce soir. Son regard se détache de moi et il va se perdre au loin, du côté de l'autoroute. Ensuite elle remonte sa vitre, démarre, et roule jusqu'au carrefour, où elle s'arrête pour attendre que le feu passe au vert. Quand elle a rejoint le flot de la circulation qui se dirige vers l'entrée de l'autoroute, je retourne dans la maison et je

bois une tasse de café. J'ai le cœur gros, mais au bout
d'un moment la tristesse me passe et je pense à autre
chose.

A quelques soirs de là, ma mère téléphone pour
m'annoncer qu'elle a pris possession de son nouveau
logis. Elle est en train de tout refaire, comme à chaque
fois qu'elle s'installe quelque part. Je serai sans doute
content d'apprendre qu'elle est ravie d'avoir retrouvé
le soleil de la Californie, me dit-elle. Mais dans le coin
où elle habite, il y a quelque chose dans l'air, du
pollen peut-être, qui la fait éternuer continuellement.
Et la circulation est plus dense qu'avant. Elle ne se
souvenait pas d'avoir vu autant d'autos dans ce
quartier. Bien entendu, ils conduisent toujours
comme des fous. « Mais avec les automobilistes
californiens, on ne peut pas s'attendre à mieux », dit-
elle. Elle dit qu'il fait anormalement chaud pour la
saison. Elle croit que le climatiseur de son appartement est détraqué. Je lui dis qu'elle devrait en toucher
un mot à sa logeuse.

— Ah, celle-là, elle n'est jamais là quand on a
besoin d'elle ! dit ma mère.

Elle espère qu'elle n'a pas fait une erreur en
revenant vivre en Californie. Après m'avoir dit ça, elle
marque une pause.

Je suis debout à la fenêtre, le téléphone collé à
l'oreille, et je laisse errer mon regard sur les lumières
de la ville au loin et celles, plus proches, des maisons
alentour. Jill est attablée avec son catalogue, l'oreille
dressée.

— Tu es toujours là ? me dit ma mère. Mais dis
quelque chose, voyons.

Je ne sais pas pourquoi, mais c'est à ce moment précis que me revient le terme d'affection dont mon père usait parfois quand il était gentil avec ma mère — et il l'était toujours quand il n'était pas saoul. C'était il y a longtemps, j'étais encore enfant, mais à chaque fois que je l'entendais parler comme ça, je me sentais mieux, j'avais moins peur, je voyais l'avenir sous des couleurs plus gaies. « Mon petit cœur », disait mon père. Oui, c'est comme ça qu'il l'appelait dans ces moments-là : « mon petit cœur ». Avec douceur. « *Mon petit cœur,* lui disait-il, si tu vas faire des courses, n'oublie pas de m'acheter des cigarettes. » Ou bien : « Alors, mon petit cœur, ça va mieux cette grippe ? » « Où as-tu rangé ma tasse, mon petit cœur ? »

Les mots me jaillissent des lèvres avant même que j'aie eu le temps de réfléchir à ce que j'allais dire après : « Mon petit cœur ». Je le répète une deuxième fois. Je l'appelle : « Mon petit cœur ». Je dis :

— Essaye de ne pas avoir peur, mon petit cœur.

Je dis à ma mère que je l'aime, je lui promets de lui écrire bientôt. Ensuite je lui dis au revoir et je raccroche.

Un long moment, je reste pétrifié sur place. Debout à la fenêtre, je promène mes yeux sur les maisons du voisinage. Pour la plupart, elles sont encore éclairées. Une auto quitte la rue et s'engage dans une allée. La lanterne de la véranda s'allume. La porte s'ouvre, et quelqu'un se poste sur la véranda pour attendre.

Tout à coup, Jill cesse de tourner les pages de son catalogue.

— Ça y est, j'ai trouvé, dit-elle. C'est exactement ce qu'il nous faut. Tiens, regarde.

Mais je ne regarde pas. Les rideaux, je m'en bats l'œil.

— Qu'est-ce qui se passe dehors, chéri ? me demande Jill. Raconte-moi.

Raconter quoi ? Les deux personnes s'étreignent sur la véranda, puis elles rentrent dans la maison. La lumière brûle encore un moment. Ensuite elles s'en souviennent, et elle s'éteint.

Débranchés

En pleine nuit, sur le coup de trois heures du matin, le téléphone se met à sonner et ça nous fiche une frousse bleue.

— Va répondre! Va répondre! me crie ma femme. Oh, mon Dieu, qui ça peut bien être? Mais va répondre!

Je n'arrive pas à trouver l'interrupteur, et je passe à tâtons dans la pièce voisine, où se trouve le téléphone. Je décroche à la quatrième sonnerie.

— Est-ce que Bud est là? fait une voix de femme. Elle est très saoule. Je lui dis:

— Il n'y a personne de ce nom ici, et je lui raccroche au nez.

J'allume la lumière et je me dirige vers la salle de bains. Je n'y suis pas plus tôt entré que la sonnerie reprend.

— Mais va répondre! me hurle ma femme depuis la chambre à coucher. Mon Dieu, Jack, mais qu'est-ce qu'ils nous veulent? C'est intolérable à la fin!

Je me rue hors de la salle de bains et je décroche.

— Bud? dit la femme. Qu'est-ce que tu fais, Bud? Je lui dis:

— Ecoutez, hein. Ce n'est pas le bon numéro. Ne refaites plus jamais ce numéro.

Je raccroche, j'attends que la sonnerie reprenne, puis je soulève le combiné et je le pose sur le guéridon, à côté de son socle. J'entends la femme qui dit : « Bud ? Parle-moi, je t'en prie. » Mais je laisse le combiné posé sur le flanc, j'éteins et je tire la porte derrière moi.

Iris, ma femme, a allumé la lampe de chevet, et en rentrant dans la chambre je la trouve recroquevillée contre la tête du lit, les genoux relevés jusqu'au menton. Elle s'est mis un oreiller sous les reins et elle déborde nettement sur ma partie du lit. En ramenant les couvertures sur ses épaules, elle les a arrachées du bas du lit. Si nous voulons nous rendormir (et pour ma part j'en ai la ferme intention), il va sans doute falloir tout reprendre à zéro, et refaire ce lit comme il faut.

— Mais enfin, qu'est-ce que ça veut dire ? me demande-t-elle. En principe, le téléphone aurait dû être débranché. On a dû oublier. Tu vois, il suffit qu'on oublie de le débrancher une fois, et regarde ce qui arrive. C'est insensé.

Quand nous avons commencé à vivre ensemble, Iris et moi, mon ex-femme nous réveillait quasiment toutes les nuits pour nous tenir des discours-fleuves au téléphone. Quelquefois, l'un ou l'autre de mes enfants la relayait. J'ai fini par épouser Iris, mais ils n'ont pas cessé pour autant. Alors nous avons pris le pli de débrancher le téléphone avant de nous mettre au lit. C'était devenu automatique. Mais pour une fois, je n'y ai pas pensé.

— C'était une femme qui voulait parler à « Bud », dis-je.

Je suis debout, en pyjama. Je voudrais bien me recoucher, mais comment faire ?

— Elle était saoule. Pousse-toi un peu, chérie. J'ai laissé le téléphone décroché.

— Elle ne peut plus appeler ?

— Non. Dis, tu veux bien me faire un peu de place et ne pas accaparer toutes les couvertures ?

Elle prend son oreiller et le déplace vers le bord du lit, mais en le laissant à la verticale. Ensuite elle s'écarte d'une poussée et s'y adosse à nouveau. Elle n'a pas l'air d'avoir sommeil. Elle a même l'air on ne peut plus réveillé. Je me mets au lit et je me glisse sous les couvertures. Mais quelque chose ne colle pas. Où est passé le drap ? Je n'ai qu'un bout de couverture. En baissant les yeux, je m'aperçois que mes pieds sont à découvert. Je me retourne sur le flanc, face à Iris, et je me mets en chien de fusil de sorte que mes pieds ne dépassent plus. Il faudrait qu'on refasse le lit. Oui, je devrais le suggérer. Mais je me dis aussi que si on éteignait la lumière tout de suite, il y aurait une chance pour qu'on se rendorme aussitôt. D'une voix aussi douce que possible, je dis :

— Si tu éteignais ta lampe, chérie ?

— Fumons d'abord une cigarette, dit-elle. On se rendormira après. Va donc chercher les cigarettes et un cendrier, tu veux ? On va en griller une.

— Dormons, lui dis-je. Tu as vu l'heure qu'il est ?

Le radio-réveil est là, bien en vue, sur la table de nuit. Et il indique trois heures trente, c'est un fait patent.

— Allez quoi, dit Iris. J'ai bien besoin d'une cigarette après tout ça.

Je me relève pour aller chercher les cigarettes et le cendrier. Pour ça, il faut que je passe à côté, mais j'évite soigneusement de m'approcher du téléphone. Je ne veux même pas le regarder, mais bien entendu je ne peux pas m'en empêcher. Le combiné est toujours posé sur le flanc.

Je me glisse à nouveau dans le lit et je pose le cendrier sur le couvre-lit, entre nous. J'allume une cigarette, je la passe à Iris, et j'en allume une seconde pour moi.

Elle essaye de se rappeler le rêve qu'elle faisait quand le téléphone a sonné.

— Je m'en rappelle presque, mais c'est encore très flou. C'était une histoire de... de... non, je ne sais plus très bien. Ce n'est pas clair. Je n'arrive pas à m'en souvenir, conclut-elle. Ah, cette maudite bonne femme avec son coup de fil. « *Bud.* » Une baffe, voilà ce qu'elle mériterait.

Elle écrase sa cigarette et en allume une autre aussitôt. Elle recrache la fumée et promène son regard sur la commode, les rideaux. Ses cheveux lui font comme une corolle autour des épaules. Elle secoue sa cigarette au-dessus du cendrier et fixe le pied du lit d'un œil vacant. Elle essaye de rassembler ses souvenirs.

Mais moi, son rêve, je m'en fiche. Je veux dormir, un point c'est tout. Je tire une dernière bouffée de ma cigarette, je l'écrase et j'attends que ça lui passe. Je reste étendu, parfaitement coi.

Iris a un point commun avec ma première femme : elle fait souvent des rêves agités. Elle se tourne et se retourne toute la nuit, et le lendemain, elle se réveille trempée de sueur, la chemise de nuit collée au corps. Et comme ma première femme, elle tient à me raconter ses rêves par le menu, en spéculant à perte de vue sur leurs significations cachées. Ma première femme rejetait les couvertures à coups de pied et elle poussait de grands cris dans son sommeil, comme si on l'attaquait. Une nuit, alors qu'elle faisait un rêve particulièrement violent, elle m'a flanqué un coup de poing sur l'oreille. Je dormais comme une bûche, mais j'ai lancé mon propre poing à tâtons dans les ténèbres et elle l'a pris en plein front. Ensuite, on s'est mis à crier en chœur. A crier et à gémir. On avait eu mal, et surtout ça nous avait fait peur. On n'avait pas la moindre idée de ce qui s'était passé. Ensuite j'ai allumé la lumière et c'est seulement alors qu'on a débrouillé toute l'affaire. Par la suite, nous en avons bien plaisanté, de ce match de boxe nocturne. Et puis des événements autrement plus sérieux se sont produits et nous avons fini par oublier ce qui s'était passé cette nuit-là. Nous n'en parlions plus jamais, même quand nous nous faisions enrager mutuellement.

Une nuit, je me suis réveillé parce que Iris grinçait des dents en dormant. Sa tête était tout près de mon oreille, et ce bruit insolite m'avait tiré du sommeil. Je lui ai secoué l'épaule, et elle a cessé. Le lendemain matin, elle m'a dit qu'elle avait fait un cauchemar, mais sans plus de précisions. Je n'ai pas insisté pour qu'elle m'en donne. Si son rêve avait été suffisamment horrible pour lui ôter l'envie de m'en parler, je ne tenais pas à ce qu'elle le raconte. Mais je lui ai signalé qu'elle avait grincé des dents dans son sommeil. Elle a froncé les sourcils, et elle a dit qu'elle allait faire le nécessaire pour que ça ne se reproduise plus. Ce soir-là, elle est rentrée à la maison avec un appareil conçu pour parer à ce genre d'inconvénient, une espèce de dentier en caoutchouc qu'elle était censée mettre chaque soir avant de s'endormir. Elle m'a expliqué qu'il fallait bien qu'elle fasse quelque chose, car si elle continuait à grincer des dents comme cela, elle allait finir par se les limer toutes. Elle s'est mis son protège-dents tous les soirs pendant une semaine, et puis elle a laissé tomber. Elle m'a dit que l'appareil la gênait, et que de toute façon, il n'était pas très esthétique. Qui aurait envie d'embrasser une femme qui a un truc pareil dans la bouche? m'a-t-elle dit. Ce n'était pas faux, évidemment.

Une autre nuit, je me suis réveillé parce qu'elle me caressait le visage en m'appelant « Earl ». Je lui ai pris la main et je lui ai pressé les doigts. « Qu'est-ce qu'il y a? ai-je demandé. Qu'est-ce qui te prend, chérie? » Mais elle ne m'a pas répondu. Elle m'a juste pressé la main en retour. Ensuite elle a soupiré et elle n'a plus bougé. Le lendemain matin, je lui ai demandé à quoi elle avait rêvé, mais elle a prétendu qu'elle n'avait pas rêvé du tout.

— Mais alors qui est Earl? lui ai-je dit. Qui est cet Earl dont tu parlais dans ton sommeil?

Elle a piqué un fard et elle m'a affirmé qu'elle n'avait jamais connu aucun Earl.

La lampe est toujours allumée. Comme je ne vois pas à quoi je pourrais penser d'autre, je pense au téléphone qui est resté décroché. Je devrais aller le replacer sur sa fourche et débrancher la prise. Et après, il faudra qu'on songe à dormir.

— Je vais m'occuper du téléphone, dis-je. Et ensuite, dodo.

Iris secoue la cendre de sa cigarette et elle me dit :

— Ce coup-ci, n'oublie pas de débrancher, hein.

Je me relève pour aller dans la pièce voisine. Je pousse la porte et j'allume la lumière. Le combiné est toujours posé sur le guéridon. Je l'approche de mon oreille, en m'attendant à percevoir le bourdonnement de la tonalité. Mais je n'entends rien, pas le moindre son.

Machinalement, je dis : « Allô? »

— C'est toi, Bud? répond la femme.

Je remets le combiné sur sa fourche et je m'empresse de débrancher le téléphone avant qu'il ne resonne. Ça alors, c'est la meilleure ! Cette bonne femme et son Bud, quelle sombre histoire. Mais comment faire part à Iris de ce nouveau rebondissement ? Si je lui en parle, ça risque de donner lieu à une discussion, à des suppositions. Il vaut mieux que je le garde pour moi. On verra ça au petit déjeuner.

En regagnant la chambre à coucher, je constate qu'elle a allumé une nouvelle cigarette. Et je constate aussi qu'il est quatre heures. Ça commence à devenir préoccupant. S'il est quatre heures, c'est qu'il sera bientôt cinq heures, six heures, six heures et demie, et finalement l'heure de se lever. Je me recouche, je ferme les yeux, et je décide de compter lentement jusqu'à soixante avant de revenir à la charge au sujet de la lumière.

— Je commence à m'en souvenir, dit Iris. Oui, tout me revient à présent. Tu veux que je te raconte, Jack ?

J'arrête de compter, j'ouvre les yeux et je me dresse sur mon séant. La chambre est pleine de fumée. J'allume une cigarette aussi. Pourquoi pas ? Après tout, je m'en fiche.

— Dans mon rêve, j'étais à une soirée, dit Iris.

— Et moi, j'étais là ?

En général, allez savoir pourquoi, je n'apparais pas dans ses rêves. Ça m'énerve un peu, même si je ne le montre pas. Mes pieds sont à nouveau découverts. Je les ramène sous les couvertures, je me hisse sur un coude et je secoue ma cendre au-dessus du cendrier.

— Est-ce que c'est encore un de ces rêves où je ne figure pas ? Si c'est le cas, ça ne fait rien.

J'avale une bouffée, je la retiens un moment, puis je rejette la fumée.

— Non, chéri, tu n'étais pas dans mon rêve, me dit Iris. Désolée, mais tu n'y étais pas. Tu n'étais nulle part en vue. Mais tu me manquais, tu sais. Tu me manquais, j'en suis certaine. Il me semblait que tu n'étais pas loin, mais tu n'étais pas là où j'aurais voulu que tu sois. Tu vois, ces espèces d'angoisses qui me prennent des fois, quand nous nous trouvons au milieu d'un groupe de gens, que la foule nous sépare et que je n'arrive pas à te retrouver? Eh bien, c'était un peu pareil. Tu étais là, je crois, mais je n'arrivais pas à te retrouver.

— Bon, vas-y, raconte-le-moi, ce rêve, dis-je.

Elle rajuste les couvertures autour de sa taille et de ses jambes, puis elle prend une autre cigarette. Je lui tends le briquet allumé. Ensuite, elle me décrit cette soirée, où l'on ne servait que de la bière. « Moi qui n'aime pas la bière, j'étais gâtée », me dit-elle. Mais ça ne l'empêchait pas de boire à tire-larigot. Et puis au moment où elle voulait partir — pour rentrer à la maison, soi-disant — un petit chien l'obligeait à rester en la tirant par le bas de sa robe.

Elle éclate de rire et je l'imite. Mais tout en riant, je jette un coup d'œil au réveil et je vois que l'aiguille des minutes approche de la demie.

Dans son rêve, il y avait de la musique. Quelqu'un jouait du piano. Ou peut-être de l'accordéon, qui sait? Dans les rêves, c'est souvent comme ça, dit-elle. Mais en tout cas, il lui semble vaguement se rappeler que son ex-mari était là, quelque part. C'était peut-être lui qui servait la bière. Les gens avaient des gobelets en plastique, et ils venaient la puiser à même un tonneau. Il se pouvait même qu'elle ait dansé avec lui.

— Tu as vraiment besoin de me dire ça ?

— Mais chéri, ce n'était qu'un rêve.

— Tu crois que ça me plaît d'apprendre que tu rêves que tu es à une soirée avec je ne sais quel chien et ton ex-mari alors que tu es censée passer la nuit en ma compagnie ? Ça me chiffonne que tu aies dansé avec lui. Qu'est-ce que ça veut dire, bon sang ? Et si je te disais que j'ai rêvé que je dansais toute la nuit avec Carol, hein ? Ça te ferait plaisir, peut-être ?

— Mais enfin ce n'était qu'un rêve ! dit-elle. Pas la peine d'en faire tout un plat. Bon, je ne t'en dirai pas plus. J'aurais mieux fait de ne pas t'en parler.

D'un geste très lent, elle approche ses doigts de ses lèvres. C'est un geste qu'elle a souvent quand elle réfléchit. Son visage trahit une concentration intense. De petits sillons se creusent sur son front.

— Je suis désolée que tu n'aies pas figuré dans mon rêve. Mais si je prétendais le contraire, ce serait un mensonge, non ?

Je hoche la tête et je lui effleure le bras pour qu'elle comprenne que ce n'est pas grave, que ça ne me contrarie pas tant que ça. Du reste, ça doit être vrai.

— Et ensuite que s'est-il passé, chérie ? lui dis-je. Finis de me raconter ton rêve, et peut-être qu'après on pourra dormir.

En fait, j'avais vraiment envie de connaître la suite. On en était arrivés au moment où elle dansait avec Jerry. Si ça avait été plus loin que ça, il fallait que je le sache.

Tout en regonflant son oreiller du plat de la main, elle me répond :

— C'est tout ce dont je me souviens. Tout le reste s'est effacé de ma mémoire. C'est là que ce fichu téléphone s'est mis à sonner.

— Bud, dis-je.

Des volutes bleuâtres dérivent paresseusement sous la lampe. L'air de la chambre est saturé de fumée.

— On devrait peut-être ouvrir une fenêtre, dis-je.

— Bonne idée, dit Iris. Il vaut mieux aérer un peu. Toute cette fumée, ça ne doit pas être très sain.

— Ça, sûrement pas, dis-je.

Une fois de plus je quitte le lit, je vais à la fenêtre et je soulève le châssis inférieur de quelques centimètres. Une bouffée d'air frais s'engouffre dans la pièce. Dans le lointain, j'entends un poids lourd qui rétrograde au moment d'aborder la côte qui mène au col par lequel on passe dans l'État voisin.

— Si ça continue comme ça, on sera bientôt les deux seuls fumeurs d'Amérique, dit Iris. Non, sérieusement, il faudrait qu'on songe à s'arrêter.

En disant cela, elle écrase sa cigarette et en prend une autre dans le paquet.

— C'est vrai que ces temps-ci les fumeurs n'ont pas bonne presse, dis-je.

Je me remets au lit. Les couvertures sont entortillées dans tous les sens, et il est cinq heures du matin. Je crois bien que cette nuit, on ne dormira plus. Bah, et après ? Est-ce qu'il y a une loi qui nous y oblige ? Est-ce que la foudre va s'abattre sur nous, pour ça ?

Iris se tripote une mèche de cheveux, puis elle se la repousse derrière l'oreille. Ensuite, ses yeux se posent sur moi et elle dit :

— Ces temps derniers, j'ai souvent une veine qui bat sur le front. Elle palpite. Une espèce de pulsation rapide, tu vois ? Je ne sais pas si ça t'est déjà arrivé, à toi. C'est affreux, mais je ne peux pas m'empêcher de penser qu'un de ces jours je vais faire un transport au cerveau, ou quelque chose dans ce goût-là. Ce n'est pas comme ça que ça débute ? Un vaisseau du front qui éclate ? C'est probablement ce qui finira par m'arriver. Ma mère, ma grand-mère et une de mes tantes sont mortes d'un transport au cerveau. Il y a toujours eu un taux élevé d'accidents cérébro-vasculaires dans ma famille. Quelquefois, c'est de famille, tu sais. Ça peut être congénital, comme les maladies de cœur, l'obésité et tout le reste. Enfin, de toute façon, il faudra bien que je meure un jour, poursuit-elle. Et si ça se trouve, ça sera de ça : une crise d'apoplexie. Oui, c'est sans doute de ça que je mourrai. Et j'ai bien l'impression que cette veine qui palpite en est le signe avant-coureur. D'abord, elle ne fait que sautiller imperceptiblement, comme pour attirer mon attention, et soudain elle se met à battre à toute allure. Tic-tic-tic-tic. Ça me panique complètement. Il faudrait vraiment qu'on renonce à cette saleté de tabac avant qu'il soit trop tard.

Elle regarde ce qui reste de sa cigarette, l'écrase dans le cendrier, et s'efforce de chasser la fumée de la main.

Allongé sur le dos, je contemple le plafond en me disant que c'est le genre de conversation qu'on ne peut avoir qu'à cinq heures du matin. Il me semble que je devrais y mettre mon grain de sel.

— Moi, je m'essouffle facilement, dis-je. Tout à l'heure, rien que le fait de courir jusqu'au téléphone m'a mis hors d'haleine.

— C'était peut-être à cause de l'anxiété, dit Iris. Il faut dire aussi qu'il y avait de quoi être angoissé ! A-t-on idée de téléphoner à des heures pareilles ! Ah, cette femme, je voudrais lui arracher les yeux !

Je me soulève sur les coudes et je m'adosse à la tête du lit. Je me mets mon oreiller sous les reins et je tâche de me caler confortablement dessus, comme Iris.

— Je ne te l'avais encore jamais dit, mais de temps

à autre mon cœur se met à marteler à grands coups, dis-je. C'est comme s'il devenait fou.

A présent, Iris m'écoute avec une extrême attention. Elle me mange des yeux. Elle est suspendue à mes lèvres.

— Des fois, j'ai l'impression qu'il va me jaillir de la poitrine. Je ne sais pas à quoi c'est dû.

— Pourquoi tu me l'avais pas dit ? s'écrie-t-elle.

Elle me prend la main et l'étreint avec force.

— Tu ne m'en as jamais parlé, chéri. Tu sais, s'il t'arrivait quelque chose, je ne sais pas ce que je deviendrais. Ce serait la fin de tout. Ça t'arrive souvent ? C'est inquiétant, quand même.

Sans me lâcher la main, elle fait glisser ses doigts jusqu'à mon poignet, et ils restent accrochés à l'endroit où est le pouls.

— Je ne te l'ai jamais dit parce que je ne voulais pas t'effrayer, lui dis-je. Mais ça m'arrive assez souvent. Ça m'est arrivé pas plus tard que la semaine dernière. Et ça ne se produit pas forcément à des moments où je subis un stress particulier. Je peux être assis dans un fauteuil, en train de lire le journal. Ou au volant de ma voiture. Ou en train de pousser mon caddy au supermarché. Apparemment, l'effort physique n'entre pas en ligne de compte. Tout à coup, sans raison, mon cœur se met à cogner comme un sourd. Boum, boum, boum ! Il fait un tel boucan que je suis toujours étonné que les gens autour de moi ne l'entendent pas. Moi, je l'entends, en tout cas. Et ça me fait très peur, je ne te le cache pas. Donc, si je ne succombe pas à l'emphysème, ou à un cancer du poumon, ou à une de ces attaques dont tu parlais, je mourrai probablement d'une crise cardiaque.

Je prends une cigarette, et je lui en passe une. Cette

nuit, nous ne dormirons plus. Avons-nous dormi, au fait ? L'espace d'un instant, je n'en suis plus très sûr.

— Qui sait de quoi nous mourrons ? dit Iris. Il n'y a que l'embarras du choix. Si nous vivons assez longtemps, ça finira peut-être par une crise d'urémie, ou un truc de ce genre. J'ai une collègue de travail dont le père vient de mourir d'insuffisance rénale aiguë. Ça arrive assez souvent aux gens qui ont eu la chance de vivre jusqu'à un âge avancé. Quand les reins cessent de fonctionner, l'acide urique se répand dans tout l'organisme. On change entièrement de couleur, et puis on meurt.

— Eh bien, c'est gai, tout ça, dis-je. Peut-être qu'on devrait changer de sujet. Comment est-ce qu'on en est venus à parler de ça, d'ailleurs ?

Iris ne me répond pas. Elle décolle son dos de l'oreiller, se penche en avant, s'entoure les jambes de ses bras, ferme les yeux et pose sa tête sur ses genoux. Ensuite elle se met à se balancer lentement sur elle-même. On dirait qu'elle écoute de la musique. Mais il n'y a pas de musique. Ou alors c'est une musique qui est inaudible pour moi.

— Tu sais ce qui me ferait plaisir ? demande-t-elle.

Elle interrompt son mouvement, ouvre les yeux et penche la tête vers moi. Puis elle sourit, pour me montrer qu'elle se sent bien.

Je lui accroche la cheville avec ma jambe et elle dit :

— Du café, voilà ce qui me ferait plaisir. Une bonne tasse de café bien noir. On est réveillés, non ? On ne va pas se rendormir, pas vrai ? Alors, prenons un café.

— Du café, on en boit trop, dis-je. Tout ce café, ça ne nous fait pas de bien non plus. Je ne te dis pas qu'on ne devrait pas en boire du tout. Mais simplement qu'on en boit trop. Ce n'était qu'une remarque en passant, dis-je. En fait, j'en boirais volontiers un moi-même.

— Bien, dit-elle.

Mais nous ne bougeons ni l'un ni l'autre.

Iris secoue ses cheveux, puis elle allume une nouvelle cigarette. La fumée dérive lentement vers la fenêtre ouverte. Dehors, une petite pluie fine s'abat sur le patio. Le réveil se déclenche, et je tends le bras pour l'arrêter. Ensuite je remets l'oreiller à plat, je pose la nuque dessus et je m'abîme à nouveau dans la contemplation du plafond.

— Dans le temps, on fantasmait sur une soubrette qui nous apporterait le café au lit, tu te rappelles ? dis-je.

— Je voudrais que quelqu'un nous en apporte, dit-elle. Soubrette ou pas, ça m'est égal. Du moment qu'il arrive tout de suite.

Elle fait passer le cendrier sur la table de nuit, et je me dis qu'elle va se lever. Il faut bien que quelqu'un se lève pour mettre le café en route et décongeler une boîte de concentré de jus d'orange. Il faudrait qu'un de nous deux se décide à bouger. Mais au lieu de se lever, elle s'enfonce encore plus vers le bas du lit, jusqu'à ce qu'elle se retrouve assise au milieu du matelas. La literie est sens dessus dessous. Elle gratte de l'ongle un coin du couvre-lit, le lisse distraitement de la paume, et ensuite elle relève les yeux.

— Tu as vu dans le journal l'histoire de ce type qui s'est introduit avec un fusil dans le service de réanimation d'un hôpital pour obliger les infirmières à débrancher la machine qui maintenait son père en vie ? me demande-t-elle.

— Ils en ont parlé à la télé, dis-je. Mais ils se sont surtout attardés sur le cas d'une infirmière qui a débranché les appareils de six ou huit malades. Ils ne savent pas au juste combien. Elle a commencé par débrancher sa propre mère, et ensuite elle a continué. C'était ·devenu une espèce d'idée fixe. Elle disait qu'elle faisait cela pour leur rendre service, et qu'elle espérait que quelqu'un le ferait pour elle le cas échéant.

Iris décide de s'enfoncer encore plus vers le bas du lit. Elle se place de manière à ce que nous soyons bien en face l'un de l'autre. Ses jambes sont encore sous les couvertures. Elle les met entre les miennes et elle me dit :

— Et cette tétraplégique, tu l'as vue aux infos ? Tu sais, celle qui dit qu'elle ne veut plus vivre, qu'elle veut se laisser mourir de faim ? Voilà que maintenant elle fait un procès à son médecin et à l'hôpital où on la soigne parce qu'ils s'obstinent à l'alimenter de force pour la maintenir en vie. Tu te rends compte ? C'est incroyable, non ? Trois fois par jour, ils la ligotent avec des sangles pour lui enfoncer un tuyau dans le gosier. Matin, midi et soir, ils la nourrissent de cette façon. Et en plus elle est reliée vingt-quatre heures sur vingt-quatre à un respirateur parce que ses poumons ne fonctionnent plus. D'après ce que j'ai lu dans le journal, elle les implore de la déconnecter, ou au moins de la laisser mourir de faim. Elle les supplie de la laisser mourir, mais ils font la sourde oreille. Elle dit qu'au départ elle ne désirait rien d'autre que de mourir dans la dignité. Mais maintenant elle est furieuse, et elle intente des procès à tour de bras. C'est insensé, tu ne trouves pas ? Mais où va-t-on ?

Elle marque un temps, et ensuite elle dit :

— Moi, quelquefois, j'ai des migraines. C'est peut-être en rapport avec la veine. Ou peut-être pas. Peut-être que ça n'a rien à voir. Mais quand j'ai mal à la tête, je ne te le dis pas. Je ne veux pas que tu t'inquiètes.

— Mais de quoi parles-tu ? lui dis-je. Regarde-moi, Iris. J'ai le droit de savoir. Je suis ton mari, au cas où tu l'aurais oublié. Si quelque chose ne tourne pas rond, il faut me le dire.

— Mais qu'est-ce que tu pourrais y faire, hein ? Tu t'inquiéterais, voilà tout.

Elle me donne un petit coup de genou, puis un second.

— Pas vrai ? Tu me dirais de prendre une aspirine. Je te connais.

Mon regard dévie vers la fenêtre. Le jour est en train de poindre. Je sens une brise humide qui s'insinue dans la pièce. Il ne pleut plus, mais c'est un de ces matins où une averse peut éclater d'un instant à l'autre. Je repose les yeux sur Iris.

— Pour tout te dire, il m'arrive aussi d'éprouver de violents élancements au flanc, lui dis-je.

Mais ces paroles ont à peine franchi mes lèvres que je les regrette déjà. Ça va l'inquiéter. Elle va vouloir qu'on en parle. Il serait temps qu'on pense à aller se doucher. On devrait déjà être en train de prendre le petit déjeuner.

— De quel côté ? me demande-t-elle.

— Du côté droit.

— Ça pourrait être ton appendice, dit-elle. Ou un autre truc tout bête.

Je hausse les épaules.

— Qui peut savoir ? Je ne sais pas. Tout ce que je sais, c'est que de temps en temps j'ai une douleur au côté. Brève, mais fulgurante. D'abord je me suis dit que je m'étais peut-être déchiré un muscle. Dis, à

propos, la vésicule biliaire, c'est de quel côté ? A droite
ou à gauche ? Ça vient peut-être de ma vésicule
biliaire, ces élancements. Si ça se trouve, j'ai un calcul
biliaire. Enfin, je dis ça, mais je ne sais même pas ce
que c'est.

— Le mot vient du latin calculus, qui veut dire
« caillou », dit-elle. Mais un calcul, ce n'est pas
vraiment un caillou. C'est un tout petit grain, pas plus
gros que la pointe d'un crayon. Non, attends, ce que je
te décris là, ça doit plutôt être un calcul rénal. Je n'y
connais pas grand-chose, je te l'avoue.

Elle secoue la tête.

— Comment est-ce qu'on pourrait faire la diffé-
rence entre un calcul rénal et un calcul biliaire ? dis-je.
Bon Dieu, on ne sait même pas de quel côté du corps
ils se trouvent. Tu n'en sais rien, et moi non plus. Si
on fait la somme de nos connaissances, ça donne zéro.
Mais j'ai lu quelque part qu'un calcul rénal s'évacue
souvent de lui-même et qu'en principe ce n'est pas
une maladie mortelle. C'est très douloureux, mais on
n'en meurt pas. Pour les calculs biliaires, je ne sais
pas.

— J'aime bien le « en principe », dit-elle.

— Oui, je sais, dis-je. Écoute, il vaudrait mieux
qu'on se lève. Il se fait tard. Sept heures déjà.

— Je sais, dit-elle. D'accord.

Mais elle reste assise. Au bout d'un moment, elle
dit :

— Dans les derniers temps de sa vie, ma grand-
mère était tellement percluse d'arthrite qu'elle en est
devenue impotente. Elle ne pouvait même plus
remuer les doigts. Elle passait ses journées dans un
fauteuil, avec des grosses moufles en laine. A la fin,
son arthrite s'est tellement aggravée qu'elle n'était
même plus capable de tenir une tasse de cacao. Et là,

elle a eu son attaque. Et mon grand-père ! s'écrie-t-elle. Peu après la mort de Mamie, il a fallu l'expédier dans un hospice. On ne pouvait pas faire autrement. Il aurait fallu que quelqu'un reste avec lui jour et nuit, et personne n'était disponible. On n'avait pas non plus les moyens de lui payer un garde-malade. Alors, il est parti en maison de retraite. Mais à l'hospice, il s'est détérioré très vite. Un jour, alors qu'il y était depuis déjà quelque temps, maman est allée le voir et en rentrant à la maison elle m'a dit quelque chose que je n'oublierai jamais.

Elle me regarde comme si elle pensait que moi non plus, je ne l'oublierai jamais. Et elle a raison.

— Maman m'a dit : « Mon père ne me reconnaît plus. Il ne sait même plus qui je suis. Mon père est un légume. » Oui, ma mère m'a dit ça !

Elle se penche en avant, se cache le visage dans les mains et fond en larmes. D'une poussée, je me propulse jusqu'au pied du lit et je m'assois à côté d'elle. Je prends sa main, je la pose en travers de mes cuisses, et je lui entoure les épaules du bras. Pelotonnés l'un contre l'autre, nous regardons la tête de lit et la table de nuit. Sur la table de nuit, il y a le réveil et, à côté du réveil, quelques magazines et un livre de poche. Nous sommes assis sur la partie du lit où nous mettons nos pieds quand nous dormons. On dirait que les occupants de ce lit s'en sont enfuis précipitamment. Jamais plus nous ne pourrons regarder ce lit sans le voir tel qu'il est en ce moment. Quelque chose est en train de nous arriver, mais quoi ? Je ne le sais pas exactement.

— Pour rien au monde je ne voudrais finir comme ça, dit Iris. Et toi non plus, je ne veux pas que tu finisses comme ça.

Elle s'essuie les yeux avec un coin de la couverture

et prend une profonde inspiration qui s'achève en sanglot.

— Excuse-moi, dit-elle. C'est plus fort que moi.

— Il ne nous arrivera rien de semblable, lui dis-je. Ne te tourmente pas à cause de ça, tu veux ? Pour l'instant, on est en bonne santé, et s'il nous arrive quelque chose, ce ne sera pas avant longtemps. Et puis, je t'aime, moi. Nous nous aimons, c'est l'essentiel. C'est la seule chose qui compte. Ne t'en fais pas, chérie.

— Je veux que tu me fasses une promesse, dit-elle.

Elle ôte sa main de mes cuisses et elle se dégage de mon étreinte.

— Je veux que tu me promettes que tu me débrancheras quand il le faudra. Enfin, si jamais ça m'arrivait. Tu m'entends, Jack ? Je parle sérieusement. Je veux que tu me débranches si jamais ça devient nécessaire. Tu veux bien me faire cette promesse ?

Je reste silencieux un moment. Qu'est-ce que je suis supposé dire ? Ça ne va pas de soi, loin de là. J'ai besoin d'une minute de réflexion. Ça ne me coûterait pas grand-chose de lui dire que je ferai tout ce qui lui plaira. Ce ne serait jamais que des paroles. Et les paroles, ça ne mange pas de pain. Mais elle attend de moi plus que des mots creux : elle veut que je sois absolument sincère. Et je ne suis pas encore très sûr de ce que j'éprouve vis-à-vis de tout ça. Il ne faut rien précipiter. Je ne peux rien dire sans l'avoir mûrement pesé, sans avoir réfléchi aux conséquences possibles et à la réaction éventuelle d'Iris.

J'en suis encore à ruminer tout cela lorsqu'elle me dit :

— Et toi ?

— Quoi, moi ?

— Est-ce que tu veux être débranché si ça en arrive là un jour ? J'espère de tout mon cœur qu'il n'en sera rien, mais il faut bien que j'aie une idée de ce que tu attends de moi, que tu me le dises maintenant, pour le cas où un malheur se produirait.

Elle me regarde intensément en attendant que je me décide à parler. Elle veut que je lui donne quelque chose à inscrire sur ses tablettes, dont elle pourra faire usage par la suite, en cas de besoin. Bon. D'accord. Il me serait facile de lui dire : *Mais oui chérie, débranche-moi si tu juges que ça vaut mieux*. Mais j'ai besoin de cogiter encore un peu là-dessus. Je ne lui ai même pas encore dit si j'étais prêt à le faire pour elle. Et maintenant il faut aussi que je pense à moi, à ma propre situation. Je ne veux pas aller trop vite en besogne. Tout ça est dingue. Nous sommes dingues. Mais je me rends bien compte que quoi que je dise à présent, ça risque de me retomber dessus un jour. C'est grave. C'est d'une question de vie et de mort que nous sommes en train de discuter.

Iris n'a pas bougé. Elle attend toujours sa réponse. Et je vois bien que tant que je ne lui aurai pas répondu, nous n'irons nulle part ce matin. Je réfléchis encore un peu, et ensuite je lui dis le fond de ma pensée :

— Non. Ne me débranche pas. Je ne veux pas qu'on me débranche. Je veux qu'on me laisse mes fils et mes tuyaux le plus longtemps possible. Tu crois que quelqu'un s'en indignera ? Tu t'en indigneras, toi ? Est-ce qu'on va crier au scandale ? Aussi longtemps que les gens supporteront de me voir, aussi longtemps que ma vue ne leur arrachera pas des cris d'horreur, ne débranche rien. Laisse-moi vivre, d'accord ? Je veux boire le calice jusqu'à la lie. Fais venir mes amis pour me dire adieu. Mais ne prends pas le mors aux dents, hein.

— Ne plaisante pas, me dit-elle. Nous sommes en train de parler de choses sérieuses.

— Je suis sérieux. Ne me débranche pas, un point c'est tout.

Elle hoche la tête.

— Bon, d'accord. Je ne le ferai pas, c'est promis.

Elle me prend dans ses bras. Elle m'étreint avec force. Ensuite elle me relâche, jette un coup d'œil au réveil et s'écrie :

— Bon sang, il faut qu'on se grouille !

Nous nous levons et nous nous habillons. Nous faisons les mêmes gestes que d'habitude, mais en accéléré. Nous buvons du café et du jus d'orange. Nous mangeons des muffins. Nous n'échangeons que des considérations sur l'état du ciel, qui est couvert et menaçant. Il n'est plus question de tubes, de maladies ou d'hôpitaux. Nous sortons ensemble, j'embrasse Iris et je la laisse debout sur la véranda, son parapluie ouvert à la main, pour guetter le collègue qui doit passer la prendre. Je dégringole l'escalier quatre à quatre et je monte en voiture. Je laisse chauffer le moteur, puis j'adresse un signe de main à Iris et je démarre.

Mais au travail, la discussion de ce matin me trotte dans la tête sans arrêt. C'est plus fort que moi, il faut que j'y pense. J'ai des courbatures partout, à cause de l'insomnie. Je me sens faible, vulnérable, incapable d'opposer aucune défense aux pensées macabres qui m'assaillent à tout bout de champ. A un moment, comme je suis tout seul, je me dis que je vais faire une

petite sieste. Je pose la tête sur mon bureau, mais j'ai
à peine fermé les yeux que je me remets à y penser.
Une image se forme dans mon esprit. Celle d'un lit
d'hôpital. Un lit d'hôpital, et rien d'autre. Il doit bien
y avoir une chambre autour, mais je ne la vois pas. Et
puis je vois une tente à oxygène au-dessus du lit, des
paravents autour, et une batterie de moniteurs,
comme au cinéma. Je rouvre les yeux, je me remets en
position assise et j'allume une cigarette. Je la fume en
sirotant une tasse de café. Ensuite je jette un coup
d'œil à ma montre et je me remets au travail.

A cinq heures, je suis tellement fourbu que j'ai à
peine la force de me traîner jusqu'à ma voiture. Il
pleut, il faut que je fasse attention en conduisant. Très
attention. D'ailleurs, il y a eu un accident. Deux
voitures se sont tamponnées à un feu rouge, mais
apparemment il y a eu plus de peur que de mal. Les
deux voitures sont encore au milieu de la chaussée,
entourées de badauds qui discutent sous la pluie. La
circulation s'écoule quand même ; la police a disposé
des signaux lumineux.

Dès que j'aperçois ma femme je lui dis :

— Bon Dieu, quelle journée ! Je suis moulu. Et toi,
ça va ?

Nous nous embrassons. J'ôte mon pardessus et je
l'accroche au portemanteau. Je prends le verre qu'Iris
me tend. Ensuite, comme ça m'a travaillé toute la
journée et que je veux en quelque sorte crever l'abcès,
je lui dis :

— Bon, si tu y tiens tant que ça, je te débrancherai.
Si tu veux vraiment que je le fasse, je le ferai. Si ça te
rend heureuse de me l'entendre dire dès maintenant,
eh bien voilà, je te le dis. Je ferai cela pour toi. Je te
débrancherai, ou je te ferai débrancher, si jamais ça
devient inévitable. Mais en ce qui me concerne, ce que

je t'ai dit tient toujours. Et dorénavant, je ne veux plus penser à ces choses-là. Je ne veux même plus qu'on en parle. Je crois qu'on s'est dit tout ce qu'on avait à se dire sur ce sujet. Je crois que le sujet est épuisé. Et moi aussi, je suis épuisé.

Iris sourit jusqu'aux oreilles.

— D'accord, dit-elle. Comme ça au moins, j'en suis sûre. Avant, j'avais des doutes. Tu vas sans doute penser que je suis folle, mais ça me soulage d'un grand poids, figure-toi. Moi non plus, je ne veux plus y penser. Mais je suis heureuse qu'on en ait parlé. Je ne remettrai plus jamais cette histoire sur le tapis, je te le jure.

Elle me prend mon verre des mains et elle le pose sur le guéridon, à côté du téléphone. Elle met ses bras autour de mon cou, m'attire à elle et pose la tête sur mon épaule. Mais moi, je me sens drôle. En lui disant cela, en lui faisant part de ce que j'ai ruminé toute la journée, j'ai l'impression d'avoir franchi une frontière invisible. Il me semble que j'ai pénétré dans un lieu nouveau. Un lieu où je n'aurais jamais pensé que je serais forcé d'entrer un jour. Comment suis-je arrivé là ? Je n'en sais rien. C'est un lieu étrange. Un lieu où un rêve anodin et une conversation entre deux personnes ensommeillées à l'heure du laitier ont suffi à faire naître en moi des visions de mort et d'anéantissement.

Le téléphone sonne. Nous nous détachons l'un de l'autre, je tends le bras et je décroche.

— Allô ? dis-je.

— Bonsoir, me répond la femme.

C'est la même que ce matin, mais elle n'est plus ivre à présent. En tout cas, on ne dirait pas. Son élocution est claire. D'une voix parfaitement égale, elle me prie de bien vouloir lui passer Bud Roberts. Elle se répand en excuses. Elle est désolée de me déranger, mais il s'agit d'une affaire pressante. Elle s'en veut beaucoup de m'importuner comme cela.

Pendant qu'elle m'explique ça, je cherche une cigarette à tâtons, je la glisse entre mes lèvres et je l'allume avec mon briquet. Quand mon tour de parler arrive, voilà ce que je lui dis :

— Bud Roberts n'habite pas ici. Ce numéro n'est pas le sien, il ne l'a jamais été et il ne le sera jamais. Je ne connais pas l'individu dont vous parlez, et je ne veux pas le connaître. N'appelez plus jamais ce numéro, s'il vous plaît. Plus jamais, c'est compris ? Gardez-vous-en bien, sinon je vais vous tordre le cou, moi.

— Non mais quel toupet, alors ! s'écrie Iris.

J'ai les mains qui tremblent, et je crois bien que ma voix chevrote. Pendant que je m'efforce de bien expliquer tout ça à cette personne, de bien enfoncer le clou, ma femme fait un rapide pas de côté, elle ploie le buste et tout s'arrête. La ligne devient muette et je n'entends plus rien.

Intimité

Une affaire m'appelle dans l'Ouest, et comme le patelin où habite mon ex-femme est sur ma route, je décide de faire un saut chez elle. Nous ne nous sommes pas vus depuis quatre ans. De temps à autre, quand un journal ou une revue publiait un texte de moi ou un texte sur moi, portrait ou interview, je lui en envoyais un exemplaire. Je ne sais pas ce qui m'incitait à lui envoyer ça, hormis l'idée qu'elle y trouverait peut-être de l'intérêt. Mais en tout cas, elle ne m'a jamais répondu.

Il est neuf heures du matin et je n'ai pas téléphoné. Comment va-t-elle me recevoir ? Je n'en sais rien.

Mais elle me fait entrer. Elle n'a pas l'air surpris. On ne s'embrasse pas. On n'échange même pas une poignée de main. Elle me conduit dans la salle de séjour, me fait asseoir et me sert un café. Ensuite elle me déballe ce qu'elle a sur le cœur. Elle dit qu'elle a souffert à cause de moi, que par ma faute elle s'est sentie exposée et humiliée.

Je me retrouve en terrain familier.

Elle dit : Oh bien sûr, la trahison ça te connaît. Tu as toujours été à l'aise avec. Non, dit-elle, ce n'est pas vrai. Au début, tu n'étais pas comme ça. Au début, tu étais différent. Mais moi aussi je devais l'être. Tout était différent alors. Non, c'est seulement du jour où tu as eu trente-cinq ans, ou trente-six, enfin tu vois dans ces eaux-là, que tu t'y es vraiment mis. Mais alors là, tu n'y as pas été avec le dos de la cuiller. Qu'est-ce que j'ai pris. Ah, tu m'as bien arrangée, tiens. Tu dois être fier de toi.

Elle dit : Des fois, j'ai envie de hurler.

Elle me dit que quand je parle de cette époque, il faudrait que j'oublie un peu les coups durs et les épreuves. Étends-toi un peu plus sur les bons moments, dit-elle. Des bons moments, on en a eu aussi, non ? Elle voudrait bien que je cesse de rabâcher tout le temps la même histoire. Ça devient fastidieux à la fin. Elle en a marre de l'entendre. C'est ta marotte, dit-elle. Ton cheval de bataille. Ce qui est fait est fait et il a coulé de l'eau sous les ponts, dit-elle. C'était une tragédie, d'accord. Une terrible tragédie. Mais pourquoi s'appesantir dessus ? Tu n'en auras donc jamais assez de remâcher ces vieilles rancœurs ?

Elle dit : Mais tourne enfin la page, bon Dieu. Oublie ces vieilles plaies. Tu dois bien avoir d'autres cordes à ton arc, dit-elle.

Elle dit : Tu veux que je te dise ? A mon avis, tu es sonné. Complètement ravagé. Tu ne crois quand même pas ce que les journaux racontent à ton sujet ? Tout ça, c'est des calembredaines, dit-elle. Moi, j'aurais des choses à leur dire. Qu'ils viennent donc me voir, ils en apprendront de belles.

Elle dit : Oh, tu m'écoutes ?

Je t'écoute, lui dis-je. Je suis tout ouïe, dis-je.

Elle dit : J'en ai ma claque de tout ça, tu entends ? Et d'abord, qui t'a demandé de venir me voir, hein ? Je t'ai sifflé, moi ? Monsieur débarque, la gueule enfarinée. Mais qu'est-ce que tu me veux, bon Dieu ?

Du sang? Tu veux encore du sang? Tu devrais être repu, depuis le temps.

Elle dit : Tu n'as qu'à faire comme si j'étais morte. Moi, tout ce que je demande, c'est qu'on me fiche la paix. Oui, désormais je n'aspire plus qu'à la paix et à l'oubli. J'ai quarante-cinq ans, moi, dit-elle. Et j'ai l'impression d'en avoir cinquante-cinq, ou soixante-cinq. Lâche-moi un peux, tu veux?

Elle dit : Tu ne crois pas qu'il serait temps de passer l'éponge une bonne fois? D'effacer tout et de prendre un nouveau départ? Sait-on jamais, tu irais peut-être loin, dit-elle.

Elle trouve ça drôle, alors elle rit. Je ris aussi, mais moi c'est les nerfs.

Elle dit : Tu sais quoi? Moi aussi, j'ai eu ma chance un jour, mais je n'ai pas su en profiter. J'ai eu ma chance, et je l'ai laissée filer. Je ne te l'avais jamais dit, hein? Et regarde-moi à présent. Regarde! Ah, tu as fait du beau travail! Tu as fait de moi une loque, espèce de salaud!

Elle dit : En ce temps-là j'étais plus jeune et j'étais quelqu'un de mieux. Toi aussi, sans doute. Oui, tu étais forcément quelqu'un de mieux aussi, sans quoi je n'aurais jamais voulu avoir affaire à toi.

Elle dit : Je t'ai tellement aimé jadis. Je t'aimais éperdument. C'est vrai. Je t'aimais plus que tout au monde. Tu te rends compte! Quelle dérision. Non mais tu t'imagines? Nous étions comme les doigts de la main. On vivait dans une intimité si grande qu'aujourd'hui j'ai peine à y croire. Je crois que c'est encore ça le plus étrange. Se souvenir d'avoir vécu dans une intimité pareille avec quelqu'un. Rien que d'y penser, j'ai envie de vomir. Je ne peux pas imaginer que je revivrai ça avec quelqu'un d'autre. Ça ne m'est jamais arrivé depuis.

Elle dit : Vraiment écoute, et là je suis sérieuse, je veux que tu me laisses en dehors de tout ça dorénavant. Et d'abord pour qui tu te prends, hein ? Tu te prends pour Dieu le père ? Dieu le père, tu n'es même pas digne de lui lécher les bottes. Tu n'es digne de lécher les bottes de personne. Mon pauvre vieux, tu as de drôles de fréquentations. Mais qu'est-ce que j'en sais ? Je ne sais plus grand-chose du monde, c'est vrai. Tout ce que je sais, c'est que je n'aime pas les saletés que tu débites. Ça au moins, j'en suis sûre. Tu vois de quoi je parle, non ? Ai-je tort ?

Non, dis-je. Tu as raison. Cent fois raison.

Elle dit : Tu ne veux pas me contredire, hein ? Tu cèdes trop facilement. Tu as toujours été comme ça. Tu n'as pas le moindre principe. Dès qu'un conflit point à l'horizon, tu te défiles. Mais bon, fermons la parenthèse.

Elle dit : Tu te rappelles la fois où je t'ai menacé d'un couteau ?

Elle dit cela comme en passant, comme si c'était dépourvu d'importance.

Très vaguement, dis-je. Je l'avais cherché sûrement, mais je ne m'en souviens plus trop bien. Mais vas-y, raconte, pourquoi pas ?

Elle dit : Ah, je commence à comprendre. Je sais ce qui t'a fait venir, je crois. Oui, je le sais, même si tu l'ignores toi-même. Mais non, ce n'est qu'un masque. Tu sais pourquoi tu es venu ? Tu es venu te réapprovisionner, c'est ça ? Tu es venu chercher de la matière. Alors, j'ai mis le doigt dessus ? Hein, c'est bien ça ?

Raconte-moi l'histoire du couteau, dis-je.

Elle dit : Ce couteau, je regrette vraiment de ne pas m'en être servi, tu sais. C'est vrai. Je le regrette de tout mon cœur. J'y ai repensé bien des fois, et je l'ai toujours regretté. J'aurais pu, mais j'ai hésité. Mon hésitation m'a perdue, comme disait je ne sais plus qui. Mais j'aurais dû m'en servir. J'aurais dû me foutre du tiers comme du quart et m'en servir. Si au moins je ne t'avais fait ne serait-ce qu'une estafilade. Mais non, même pas.

Bon eh bien, tu ne l'as pas fait, dis-je. J'ai cru que tu allais me poignarder, mais tu ne l'as pas fait. Ensuite, je t'ai désarmée.

Elle dit : Tu as toujours eu de la veine. Tu m'as pris le couteau, et puis tu m'as giflée. N'empêche, je regrette de ne t'avoir pas au moins égratigné. Comme ça tu aurais gardé une marque, je t'aurais laissé un souvenir.

Oh, tu m'as marqué, tu sais, dis-je — et aussitôt je regrette de l'avoir dit.

Elle dit : Quelle grandeur d'âme ! Mais au cas où tu ne l'aurais pas remarqué, c'est justement là que le bât me blesse. C'est là que les Athéniens s'atteignent. Parce que comme je te l'ai déjà dit, tu ne te souviens que de ce qui n'allait pas. Tu ne te souviens que des choses viles, honteuses. C'est pour cela que ton intérêt s'est si vite éveillé quand j'ai mentionné le couteau.

Elle dit : Je serais curieuse de savoir s'il t'arrive d'éprouver du repentir. Oh je sais bien, le repentir, ce n'est pas un thème très porteur. Mais toi, tu aurais pu t'en faire une spécialité.

Du repentir ? dis-je. Oh moi, tu sais, ça ne m'intéresse pas. C'est un mot qui ne fait pas partie de mon vocabulaire. Et au fond, je ne dois pas en avoir. J'ai tendance à me complaire dans la noirceur, c'est vrai. Enfin, parfois. Mais du repentir ! Non, je ne crois pas.

Elle dit : Tu sais que tu es une ordure ? Un salaud sans âme et sans cœur ? Personne ne t'a jamais dit ça ?

Si, toi, lui dis-je. Tu me l'as mille fois répété.

Elle dit : Moi, je dis toujours la vérité. Même

quand elle fait mal. Jamais tu ne me prendras en
flagrant délit de mensonge.

Elle dit : Les écailles m'étaient tombées des yeux
depuis longtemps, mais il était déjà trop tard. J'ai eu
ma chance, mais je l'ai laissée échapper. Un moment,
j'ai même cru que tu allais revenir. Comment est-ce
que j'ai pu m'imaginer une chose pareille ? Je devais
avoir perdu la tête. Je pourrais en pleurer des
fontaines, mais je ne te ferai pas ce plaisir.

Elle dit : Tu veux que je te dise ? Si tu prenais feu, si
tout à coup tu t'embrasais, là, sous mes yeux, je crois
que je ne me donnerais même pas la peine d'aller
chercher un seau d'eau.

Ça la fait rire. Puis son visage se ferme à nouveau.

Elle dit : Mais qu'est-ce que tu fous là, bon Dieu ?
Tu en veux encore ? Je pourrais continuer comme ça
pendant des jours. Je crois savoir ce qui t'a incité à
venir me voir, mais je veux que tu me le dises toi-
même.

Comme je ne fais pas mine de répondre, elle
enchaîne.

Elle dit : Quand tu m'as quittée, j'ai perdu le goût
de vivre. Plus rien ne m'importait. Ni les enfants, ni
Dieu, ni rien. On aurait dit que le ciel m'était tombé
sur la tête. Ma vie était comme en suspens. Avant, elle
suivait son petit bonhomme de chemin et là, elle a
stoppé. Brutalement, dans un terrible grincement de
freins. Je me disais : Si j'ai si peu d'importance pour
lui, comment pourrais-je en avoir à mes propres yeux,
et aux yeux du reste du monde ? Jamais je n'avais
éprouvé un sentiment aussi affreux. Ça a bien failli me
briser le cœur. Mais qu'est-ce que je dis ? Il s'est brisé.
Bien sûr qu'il s'est brisé. Il s'est brisé, crac, comme
une noix. Et il ne s'est pas recollé, figure-toi. Voilà, ça
tient en peu de mots, tu vois. J'avais mis tous mes

œufs dans le même panier, dit-elle. Et c'était un panier pourri.

Elle dit : Tu t'es trouvé quelqu'un d'autre, il paraît. Ça n'a pas traîné, hein ? Et tu es heureux maintenant. Du moins, c'est ce qu'ils écrivent à ton sujet : « Aujourd'hui, il est heureux. » Tu sais, je lis tout ce que tu m'envoies. Ça t'étonne peut-être ? Moi, je sais ce qu'il y a au fond de ton cœur. Je le savais autrefois, et je le sais encore aujourd'hui. Ton cœur, je le connais comme ma poche, ne l'oublie pas. C'est une jungle, une forêt noire. Une vraie poubelle, en un mot. Qu'ils viennent me voir s'ils ont des questions à poser. Moi, je sais comment tu fonctionnes. Qu'ils viennent me voir, ils en auront pour leur argent. J'étais là, moi. En première ligne. Et après ça, tu m'as exhibée, tournée en ridicule dans ta pseudo-littérature. Livrée à la pitié ou à l'opprobre de monsieur tout-le-monde. Tu ne me demandes pas si j'ai souffert ? Tu ne me demandes pas si j'ai eu honte ? Eh bien, vas-y, qu'est-ce que tu attends, demande-le-moi.

Non, dis-je. Je ne te le demanderai pas. Je ne veux pas me laisser entraîner sur ce terrain-là, dis-je.

Naturellement que tu ne veux pas ! s'écrie-t-elle. Et tu sais très bien pourquoi, en plus !

Elle dit : Sans vouloir t'offenser, chéri, je me dis parfois que j'aimerais te coller une balle dans la peau et te regarder crever.

Elle dit : T'ose pas me regarder dans les yeux, hein ?

Elle dit (et là je le rapporte exactement) : Tu n'es même pas capable de me regarder dans les yeux quand je te parle.

Alors moi du coup, forcément, je la regarde dans les yeux.

Elle dit : Ah bon. Très bien. Maintenant on a peut-être une chance d'arriver quelque part. C'est mieux ainsi. Quand on parle avec quelqu'un, on peut saisir plein de choses rien qu'en le regardant dans les yeux. C'est connu. Laisse-moi te dire encore une chose, tiens. Personne d'autre au monde n'oserait te le dire, mais moi je peux. J'en ai le droit. Et ce droit, je l'ai payé très cher, mon petit vieux. Tu te prends pour quelqu'un que tu n'es pas. C'est la pure vérité. Comment je le sais ? Dans un siècle, c'est ce qu'ils diront. Ils diront : C'était qui, celle-là, d'abord ?

Elle dit : Et en tout cas, moi, tu me prends pour une autre. Ça, pas de doute. Enfin, quoi, j'ai même perdu mon nom. Ce nom n'est pas celui avec lequel je suis née, ni celui que je portais au temps où nous vivions ensemble, ni celui que je porte depuis deux ans. Qu'est-ce que ça veut dire, hein ? Qu'est-ce que c'est que ces foutaises ? Je t'en prie, laisse-moi en paix dorénavant. Ce n'est pas un crime, quand même, de vouloir être tranquille.

Elle dit : On ne t'attend pas ailleurs, des fois ? Tu n'as pas un avion à prendre ? Est-ce qu'en ce moment même tu ne devrais pas être à l'autre bout du pays ?

Non, dis-je. Je le répète une seconde fois : Non. Non, dis-je, personne ne m'attend nulle part.

Et ensuite, je fais un geste. Je tends le bras et je prends la manche de son chemisier entre le pouce et l'index. C'est tout. Je l'effleure à peine, et je retire ma main aussitôt. Elle ne se rétracte pas. Elle n'a aucune réaction.

Alors, je fais autre chose. Je me laisse tomber à genoux — un grand gaillard comme moi ! — et je prends le bas de sa jupe entre mes mains. Qu'est-ce que je fais là, à genoux sur le plancher ? Ça, je ne saurais pas le dire. Mais je sais que c'est là qu'il faut que je sois : à genoux, cramponné au bas de sa jupe.

D'abord, elle reste muette. Mais au bout d'un moment, elle dit : Allez, ce n'est pas grave, idiot. Ce que tu peux être bête des fois. Relève-toi, va. Je te dis de te lever. Ça ne fait rien, tu entends ? C'est du passé, tout ça. Oh bien sûr, j'ai mis longtemps à m'en remettre, qu'est-ce que tu crois. Tu te figurais peut-être que je m'y ferais facilement ? Et puis quand je t'ai vu, toutes mes vieilles rancœurs sont remontées d'un coup. J'avais besoin de vider mon sac. Mais tout ça c'est de l'histoire ancienne, tu le sais aussi bien que moi.

Elle dit : Ah chéri, je suis restée inconsolable si longtemps. Inconsolable, répète-t-elle. Inscris ce mot dans ton petit carnet. C'est le mot le plus triste du monde, j'en parle d'expérience. Mais finalement, je m'en suis remise. Le temps est galant homme. C'est un sage qui a dit ça. Ou bien peut-être une vieille femme exténuée, je ne sais plus.

Elle dit : J'ai une vie à présent. Une vie bien différente de la tienne, mais à quoi bon comparer ? C'est ma vie en tout cas, et au fur et à mesure que je vieillis il va falloir que je me persuade que c'est cela l'important. Mais il ne faut pas que tu te sentes trop mal. Tu peux te sentir un peu mal, d'accord. Tu n'en mourras pas, et c'est bien le moins tout de même. A défaut de repentir, tu peux bien éprouver quelques regrets.

Elle dit : Maintenant, il faut que tu te lèves et que tu te sauves. Mon mari ne va pas tarder à rentrer pour déjeuner. Qu'est-ce que je pourrais bien lui dire s'il nous trouvait dans cette posture ?

C'est ridicule, je sais bien, mais je suis toujours à genoux et je m'agrippe au bas de sa jupe avec une ténacité de fox-terrier. On dirait que mes genoux sont collés au plancher. Je suis comme paralysé.

Elle dit : Lève-toi, voyons. Qu'est-ce qu'il y a ? Tu veux autre chose, c'est ça ? Qu'est-ce que tu veux ? Tu veux que je te pardonne ? C'est pour ça que tu me fais ce cirque ? C'est ça, hein ? C'est pour ça que tu as fait tout ce chemin. Et l'histoire du couteau t'a fait l'effet d'un coup d'aiguillon. Moi qui croyais que tu l'avais oubliée. Tu avais juste besoin que je te la rappelle. Bon, lâche-moi et je te dirai quelque chose.

Elle dit : Je te pardonne.

Elle dit : Tu es satisfait, à présent ? Tu te sens mieux ? Tu es heureux ? Aujourd'hui, il est heureux, dit-elle.

Mais moi, je suis toujours à genoux sur le plancher.

Elle dit : Eh, tu m'as entendue ? Il faut que tu t'en ailles maintenant. Allez, ne fais pas l'idiot. Je t'ai dit que je te pardonnais, chéri. Et j'ai même été jusqu'à te rappeler cette histoire de couteau. Je ne vois pas ce que je pourrais faire d'autre. Tu as gagné sur toute la ligne, mon grand. Allez, quoi, bon sang, il faut que tu te sauves à présent. Debout. Voilà. C'est ça. Tu es toujours aussi grand, dis donc. Tiens, ton chapeau. N'oublie pas ton chapeau. Dans le temps, tu n'en portais pas. C'est bien la première fois que je te vois avec un chapeau.

Elle dit : Maintenant, écoute. Regarde-moi, et fais bien attention à ce que je vais dire.

Elle s'approche de moi. Son visage est à cinq centimètres du mien. Il y a bien longtemps que nous n'avions pas été aussi près l'un de l'autre. Je respire à tout petits coups pour qu'elle ne perçoive pas mon souffle, et j'attends. Il me semble que les battements de mon cœur se sont ralentis considérablement.

Elle dit : Tu n'as qu'à raconter les choses à ta manière, sans te soucier du reste. Comme d'habitude.

Depuis le temps que tu le fais, ça ne devrait pas t'être trop difficile.

Elle dit : Voilà, c'est fait. Tu es libre, à présent, pas vrai ? Enfin, c'est ce que tu crois. Tu n'as plus de fil à la patte. Je plaisante, mais ne ris pas. En tout cas, tu te sens mieux, hein ?

Elle dit : Si jamais mon mari arrivait maintenant, je me demande ce que je pourrais bien inventer. Mais au fond, qui s'en soucie ? En fin de compte, ça n'a pas d'importance. De toute façon, sur ce plan-là, tout était déjà consommé entre nous. A propos, mon mari s'appelle Fred. C'est un brave garçon. Il gagne sa vie à la sueur de son front, et il m'aime.

Elle me reconduit à la porte de devant, qui tout ce temps-là était restée ouverte. Cette porte ouverte laissait pénétrer la lumière, l'air frais du matin et les bruits de la rue, mais nous n'y avons pas pris garde. Je regarde dehors et j'aperçois une lune ronde et blanche suspendue dans le ciel matinal. Oh, mon Dieu ! C'est la vision la plus extraordinaire que j'aie jamais eue. Mais je n'ose pas faire la moindre remarque dessus. J'ai bien trop peur. Oui, j'ai peur. Qui sait ce qui se passerait ? Je pourrais fondre en larmes. Ou prononcer des paroles qui même pour moi seraient inintelligibles.

Elle dit : Un de ces jours, tu reviendras peut-être me voir. Ça ne durera pas, tu sais. Sous peu, tu vas de nouveau te sentir mal. Peut-être que tu en tireras une bonne histoire, dit-elle. Si c'est le cas, je ne veux pas le savoir.

Je lui dis au revoir, mais elle ne prononce pas un mot de plus. Elle regarde ses mains et elle les fourre dans les poches de sa jupe. Elle secoue la tête. Elle rentre dans la maison, et cette fois elle ferme la porte.

Je m'éloigne le long du trottoir. A l'autre bout de la

rue, des enfants se font des passes avec un ballon ovale. Mais ces enfants ne sont pas à moi, et ils ne sont pas à elle non plus. La rue est·jonchée de feuilles mortes. Même les caniveaux en sont pleins. Partout où se posent mes yeux, il y a des tas de feuilles mortes. Et il en choit d'autres sur mon passage. A chaque pas, j'en écrase sous mes semelles. Il faudrait que quelqu'un fasse un effort. Il faudrait que quelqu'un prenne un râteau et mette un peu d'ordre là-dedans.

Menudo

Je n'arrive pas à trouver le sommeil, mais dès que je suis sûr que Vicky, ma femme, s'est endormie, je me lève, je vais à la fenêtre et je regarde la maison d'Oliver et d'Amanda, de l'autre côté de la rue. Oliver est parti depuis trois jours mais Amanda, sa femme, est encore debout. Elle ne trouve pas le sommeil, elle non plus. Il est quatre heures du matin et il n'y a pas un bruit dehors. Pas de vent, pas de voitures, pas même de lune. Il n'y a que la maison d'Oliver et d'Amanda, avec ses lumières allumées et les feuilles mortes accumulées sous ses fenêtres.

Avant-hier, comme je ne tenais pas en place, j'ai ratissé le jardin. Notre jardin, à Vicky et à moi. J'ai rassemblé toutes les feuilles mortes dans des sacs, j'ai ficelé les sacs et je suis allé les déposer au bord du trottoir. J'avais une envie folle de traverser la rue pour ratisser chez eux aussi, mais je me suis retenu. C'est ma faute si les choses en sont là dans la maison d'en face.

Depuis qu'Oliver est parti, je ne dors pour ainsi dire plus. En me voyant errer comme une âme en peine à travers la maison, l'air angoissé, Vicky a compris qu'il y avait anguille sous roche. Maintenant, elle est à l'extrême bord du lit, tassée sur une infime

portion de matelas. En se couchant, elle s'est placée
de façon à ne pas risquer de rentrer accidentellement
en contact avec moi durant la nuit. Elle s'est mise au
lit, elle a pleuré, puis elle a sombré dans le sommeil et
depuis elle n'a plus bougé. Elle est épuisée. Moi aussi,
je suis épuisé.

J'ai avalé une bonne partie des comprimés de
Vicky, mais je n'ai toujours pas sommeil. Je suis trop
survolté. Si je reste en faction à la fenêtre, je finirai
peut-être par apercevoir Amanda allant et venant
dans la maison. Ou alors je la surprendrai à soulever
un coin de rideau pour essayer de voir ce qui se passe
de mon côté.

Et si je l'aperçois ? A quoi ça m'avancera, hein ?

Vicky dit que je suis cinglé. Hier soir, elle m'a dit
des choses encore bien pires. Mais on ne peut pas lui
jeter la pierre. Je lui ai tout dit. Je ne pouvais pas faire
autrement. Toutefois, je ne lui ai pas dit qu'il
s'agissait d'Amanda. Quand son nom a été mis sur le
tapis, j'ai nié avec énergie. Vicky a des soupçons, mais
j'ai refusé de lui donner un nom. Je n'ai pas voulu lui
dire qui c'était, bien qu'elle se soit acharnée à vouloir
me tirer les vers du nez, en allant jusqu'à me frapper
plusieurs fois au visage.

— Tu n'as pas besoin de savoir qui c'est, lui ai-je
dit. De toute façon, tu ne la connais pas, ai-je menti.
Son nom ne te dirait rien.

C'est là qu'elle s'est mise à me taper dessus.

Je me sens *raide*. C'est le mot qu'employait mon ami
artiste, Alfredo, quand quelqu'un de sa connaissance
avait abusé de certaines substances. Oui, *raide*. Je suis
raide.

C'est de la démence, tout ça. Je le sais, et pourtant
c'est plus fort que moi, je n'arrête pas de penser à
Amanda. Par moments même — c'est dire à quel

point les choses vont mal — je me surprends à penser à Molly. Molly, ma première femme. Molly, que je croyais aimer plus que ma vie.

L'image d'Amanda me poursuit sans trêve. Je me la figure vêtue de cette chemise de nuit rose que j'aime tant lui voir porter, avec des mules roses aux pieds. Je suis sûr qu'en ce moment même elle est assise dans le gros fauteuil de cuir, sous le lampadaire en laiton. Elle fume cigarette sur cigarette. Elle a deux cendriers à portée de la main, et ils sont pleins l'un et l'autre. A gauche de son fauteuil, au pied du lampadaire, il y a une table basse sur laquelle est posée une pile de magazines. Des magazines comme on en lit d'ordinaire chez les gens comme il faut. Car nous sommes des gens comme il faut. Du moins jusqu'à un certain point. J'imagine qu'en cet instant précis, Amanda est en train de feuilleter un magazine, en s'arrêtant parfois sur une image ou un dessin humoristique.

Il y a deux jours de cela, elle me disait :

— Moi, je ne lis plus de livres. Qui a encore le temps de lire ?

C'était pendant l'après-midi. Oliver était parti la veille, et nous étions dans un petit bistrot du quartier des usines.

— Qui arrive encore à se concentrer ? a continué Amanda en remuant son café. Qui lit des livres ? Tu en lis, toi ? (J'ai fait un signe de dénégation.) Mais il doit bien y avoir des gens qui lisent des livres. Les vitrines des librairies en regorgent, et il y a tous ces clubs. Quelqu'un doit forcément lire, a-t-elle conclu. Mais qui ? Moi, je ne connais personne qui lit.

Elle me disait cela à propos de bottes, car ce n'est pas de livres que nous parlions. Nous parlions de nos vies. Les livres n'avaient rien à voir dans tout ça.

— Comment Oliver a-t-il pris la chose? ai-je demandé.

Et brusquement, je me suis aperçu que les propos que nous tenions, nos visages tendus et inquiets ressemblaient en tous points à ceux des héros de ces feuilletons de l'après-midi dont il m'arrivait parfois de capter quelques bribes en pianotant de chaîne en chaîne.

Amanda a baissé les yeux et elle a secoué la tête, comme si ça lui faisait mal au ventre de se rappeler ça.

— Tu ne lui as pas avoué que c'était moi que tu voyais, n'est-ce pas?

Elle a secoué la tête une deuxième fois.

— Tu en es bien sûre? ai-je insisté.

Elle s'est enfin décidée à lever les yeux de sa tasse de café.

— Ne t'inquiète pas, je n'ai prononcé aucun nom.

— Est-ce qu'il t'a dit où il allait et quand il comptait revenir?

Je n'étais pas fier de m'entendre poser des questions pareilles. C'est de mon voisin, Oliver Porter, que je parlais. Un homme que j'avais quasiment mis à la porte de sa propre maison.

— Il est allé dans un hôtel, mais il ne m'a pas dit lequel. Il m'a dit qu'il me donnait une semaine pour prendre mes cliques et mes claques et m'en aller. Que dans sept jours, il faudrait que j'aie disparu de sa maison et de sa vie. Il y avait quelque chose de biblique dans sa manière de me dire ça. Je suppose que le huitième jour, il rentrera. Alors il faut qu'on prenne une décision très vite, chéri. Il faut qu'on saute le pas, ça ne peux plus attendre.

A présent, c'était à son tour de me dévisager. Et je sais bien ce qu'elle cherchait : un signe qui lui aurait dit que j'étais prêt à tout lui sacrifier. J'ai marmonné :

« Une semaine... », et j'ai baissé le nez sur ma tasse.
Le café avait refroidi. Il s'était passé énormément de
choses en très peu de temps, et nous n'étions pas
encore arrivés à tout digérer. Durant ces mois où nous
étions passés du simple flirt à l'amour, puis aux rendez-
vous clandestins, l'idée que nos actes pourraient avoir
des conséquences lointaines ne nous avait sans doute
même pas effleurés. Mais à présent, nous étions dans
le pétrin. Un sérieux pétrin. Jamais, au grand jamais,
nous ne nous étions imaginé que nous en serions
réduits un jour à venir chercher refuge dans un café
du quartier des usines, au milieu de l'après-midi, pour
essayer de trancher ce genre de difficultés.

J'ai levé les yeux, et Amanda s'est remise à remuer
son café. Elle n'en finissait pas de le remuer. Je lui ai
effleuré la main et la petite cuiller lui a glissé des
doigts. Elle l'a rattrapée et elle a continué à remuer.
Nous n'étions qu'un couple anonyme attablé devant
un café sous les néons d'un snack-bar miteux. Un
couple comme il y en a mille. J'ai pris la main
d'Amanda et je l'ai gardée dans la mienne. J'avais
l'impression que cela changeait tout.

Laissant Vicky endormie sur le flanc, je descends
au rez-de-chaussée, dans l'intention de me faire
chauffer un peu de lait et de le boire. Jadis, en cas
d'insomnie, je buvais du whisky, mais j'ai renoncé à
l'alcool, et désormais je m'en tiens strictement au lait
chaud. Au temps du whisky, je me réveillais la nuit
avec une soif atroce. Mais en ce temps-là, j'étais un
homme prévoyant : je gardais toujours une bouteille
d'eau au réfrigérateur. Ainsi, quand je me réveillais
déshydraté et trempé de sueur, je n'avais qu'à aller

faire un petit tour dans la cuisine et j'étais sûr d'y trouver une bouteille d'eau bien fraîche. Cette bouteille, je la vidais d'un trait. Un litre entier, cul sec. Quelquefois je prenais un verre, mais c'était rare. Tout à coup j'étais de nouveau ivre, et la cuisine se mettait à tanguer et à rouler autour de moi. Un instant j'étais parfaitement sobre, l'instant d'après rond comme une bille. C'est un phénomène que je ne suis jamais parvenu à m'expliquer.

Si je buvais, c'est parce que mon destin l'avait voulu ainsi. Du moins, c'est ce que Molly prétendait. Le destin, elle y croyait dur comme fer.

Le manque de sommeil m'affole. Je donnerais n'importe quoi, enfin presque, pour pouvoir m'endormir. Et ensuite, dormir du sommeil du juste.

Mais au fond, pourquoi faut-il qu'on dorme ? Et comment se fait-il que l'on dorme moins pendant certaines crises et plus pendant d'autres ? Par exemple, la fois où mon père a eu son attaque. Au bout de sept jours et sept nuits de coma, il s'est réveillé et il a tranquillement dit « Bonjour » aux quelques personnes présentes dans sa chambre d'hôpital. Ensuite il m'a repéré au milieu du groupe et il m'a dit : « Salut, fiston. » Cinq minutes après, il était mort. Il est mort comme ça, crac. Moi, pendant toute cette crise, je n'ai pas une seule fois ôté mes vêtements, et pas une seule fois je ne me suis couché dans un lit. J'ai bien dû piquer un petit roupillon de loin en loin dans un fauteuil de la salle d'attente, mais pas une seule fois je ne me suis mis dans un lit pour *dormir*.

Et puis, l'année dernière, j'ai appris que Vicky voyait quelqu'un d'autre. Aussitôt que je l'ai su, au lieu d'aller lui jeter ça à la figure, je me suis mis au lit et j'y suis resté. Je n'en ai pas bougé de plusieurs jours. Une semaine peut-être, je ne sais pas. Enfin, je me levais pour aller aux toilettes, ou pour descendre me préparer un sandwich à la cuisine. L'après-midi, il m'arrivait même d'aller m'asseoir dans le living, en pyjama. J'essayais de lire un journal, mais je m'assoupissais dans mon fauteuil. Au bout d'un moment j'émergeais de ma torpeur, j'ouvrais les yeux, je retournais me coucher et j'en écrasais encore. J'avais une soif de sommeil inextinguible.

La crise a fini par passer. On s'en est sortis. Vicky a laissé tomber son jules. Ou c'est peut-être lui qui l'a plaquée, je ne l'ai jamais su. Tout ce que je sais, c'est qu'elle s'est éloignée de moi un temps et qu'ensuite elle m'est revenue. Mais j'ai bien l'impression que ce coup-ci les choses ne s'arrangeront pas aussi facilement. Ce coup-ci, c'est différent. A cause de l'ultimatum d'Oliver.

Mais si ça se trouve, Oliver est peut-être réveillé lui aussi en ce moment même, et occupé à écrire une lettre de réconciliation à Amanda. Peut-être qu'il est en train de griffonner fiévreusement en alignant des arguments pour la persuader que ce qu'elle leur fait, à lui et à Beth, leur fille, est irresponsable, cruel, et risque d'avoir des conséquences tragiques pour elle comme pour eux.

Non. Ça ne tient pas debout. Oliver, je le connais. C'est un type dur. Implacable. Il est capable d'expédier une balle de croquet à deux cents mètres. Je l'ai vu faire. Non, jamais il n'écrira une lettre pareille. Il ne reviendra pas sur son ultimatum. Une semaine. Il nous reste quatre jours. Ou trois ? Oliver ne dort peut-être pas non plus, mais dans ce cas il doit être assis dans le fauteuil de sa chambre d'hôtel, un verre de vodka à la main, les pieds sur le lit, avec la télé jouant en sourdine. Il a gardé tous ses vêtements, à part les

chaussures. Les chaussures, c'est son unique conces-
sion. En plus du fait d'avoir desserré sa cravate.

Oliver est implacable.

Je me fais chauffer du lait, je retire la peau et je le
verse dans une tasse. Puis j'éteins dans la cuisine et
j'emporte ma tasse dans le living. Je m'assois sur le
canapé, d'où j'ai vue sur les fenêtres éclairées de la
maison d'en face. Mais j'ai du mal à tenir en place. Je
n'arrête pas de m'agiter, de croiser et de décroiser les
jambes. C'est tout juste si je ne jette pas des étincelles.
Il me semble que je pourrais briser une vitre, ou
déplacer les meubles à distance.

Il vous en passe des choses dans la tête quand on
n'arrive pas à dormir ! Tout à l'heure, quand j'ai
pensé à Molly, j'ai eu du mal à me souvenir de son
visage. Pourtant, je l'avais connue toute gosse et nous
ne nous étions pour ainsi dire pas quittés d'une
semelle pendant de longues années. Molly, qui disait
qu'elle m'aimerait éternellement. Et je n'arrivais plus
à me la figurer autrement qu'assise à la table de la
cuisine, en larmes, la tête rentrée dans les épaules et le
visage caché dans ses mains. *Éternellement.* Oui, c'est
ce qu'elle disait. Et puis ça avait mal tourné. Mais en
fin de compte, que nous passions ou non le reste de
notre vie ensemble ne lui importait guère. A ses yeux,
c'était très secondaire. Notre amour se situait sur un
plan plus élevé. C'est ce qu'elle a expliqué à Vicky un
jour, au téléphone. Vicky et moi, nous venions de
nous mettre en ménage. Molly a appelé, elle est
tombée sur Vicky et elle lui a dit : « Vous avez votre
relation avec lui, mais les liens qui m'unissent à lui
sont indissolubles. Nos destinées sont liées. »

Oui, elle parlait comme ça, Molly : « Nos destinées sont liées. » Au début, elle n'employait pas ce genre de langage. C'est seulement dans les derniers temps de notre mariage, après en avoir vu de toutes les couleurs, qu'elle s'est mise à me sortir des mots comme « cosmique », « prédestination », et ainsi de suite. Mais nos destinées ne sont pas liées. Peut-être qu'elles l'ont été un jour, mais elles ne le sont plus. Je ne sais même pas où elle est en ce moment. Enfin, pas exactement.

Je crois que je pourrais situer très précisément le moment où tout a basculé pour Molly. Le moment où elle a atteint le point de non-retour. Elle venait d'apprendre que je voyais Vicky. Un jour, quelqu'un m'a téléphoné du lycée où elle enseignait pour me dire : « Venez vite, s'il vous plaît. Votre femme est en train de faire des flips-flaps sur la pelouse de devant. » Je l'ai ramenée à la maison, et c'est à partir de là qu'elle s'est mise à me parler de « forces occultes », de « flux vital » et de choses de ce genre. Notre destin avait été « détourné » de son cours. Jusque-là, j'hésitais encore, mais après ça je suis parti sans demander mon reste. Cette femme que je connaissais depuis l'enfance, ma fidèle compagne, ma meilleure amie, ma complice, ma confidente, je l'ai laissée en plan. Mais il faut dire aussi qu'elle me faisait peur. Oui : peur.

La douce et tendre créature avec qui j'avais fait mes premiers pas dans l'existence était devenue une assidue des voyantes, des chiromanciennes et des tireuses de cartes. Elle allait chercher dans des *boules de cristal* des réponses à ses problèmes existentiels. Après avoir quitté son travail et obtenu sa mise à la retraite anticipée, elle n'a plus jamais pris aucune décision sans consulter le *Yi King*. Elle s'est mise à porter des oripeaux étranges, des vêtements chiffonnés en permanence où dominaient le lie-de-vin et l'orange. Elle avait même adhéré à un groupe dont les membres s'asseyaient en rond (je n'exagère rien) pour essayer de léviter.

Au temps où nous grandissions ensemble, Molly et moi, nous étions tout l'un pour l'autre, c'est vrai. Nous nous aimions. C'était notre destin, d'accord. A l'époque, moi aussi j'y croyais. Mais aujourd'hui je n'ai plus foi en rien. Je ne me plains pas : je constate, c'est tout. Je n'ai plus devant moi que le néant. Et il faut que je me débrouille avec ça. Plus de destin. Juste un enchaînement de petits faits qui n'ont d'autre sens que celui qu'on veut bien leur donner. Une vie machinale, sans objet. La vie de tout le monde.

Amanda ? Je voudrais pouvoir croire en elle, pauvre chérie. Mais quand elle m'a connu, elle cherchait quelqu'un. Quand leur existence ne les satisfait plus, les gens ont recours à ce genre d'expédients. Ils se lancent dans n'importe quelle aventure, en sachant que ça va tout changer.

J'ai envie de sortir dans le jardin et de hurler : « Tout ça n'en vaut pas la peine ! » Oui, je voudrais le crier sur les toits.

« Le destin », disait Molly. Et pour ce que j'en sais, elle en parle toujours.

Les lumières se sont éteintes dans la maison d'en face. Seule, la cuisine est encore éclairée. Et si j'essayais de téléphoner à Amanda ? Oui, je pourrais faire ça, mais à quoi bon ? Du reste, Vicky pourrait m'entendre composer le numéro, ou parler, et descendre voir ce qui se passe. Ou elle pourrait décrocher en douce dans la chambre et écouter notre conversation.

Et puis je risque de tomber sur Beth. Je n'ai pas envie
de discuter avec une gamine ce matin. Je n'ai envie de
discuter avec personne. Enfin si, je parlerais bien à
Molly, mais malheureusement ce n'est plus possible.
Molly est quelqu'un d'autre à présent. Elle n'est plus
ma Molly. Mais qu'ai-je à dire ? Moi aussi, je suis
quelqu'un d'autre.

Je voudrais être semblable à n'importe quel autre
habitant de ce quartier : un type normal, banal,
absolument quelconque. Comme ça, je pourrais
remonter dans ma chambre, me coucher et dormir. La
journée va être rude. Il faudrait que je sois prêt à
l'affronter. Je voudrais pouvoir m'endormir et consta-
ter au réveil que tout a changé dans ma vie. Et là je ne
parle pas seulement des gros trucs, comme ma liaison
avec Amanda, ou mon passé avec Molly. Mais aussi
des choses sur lesquelles il est clair que je peux agir.

Par exemple, ce qui m'est arrivé avec ma mère.
Jadis, je lui expédiais de l'argent tous les mois. Et
puis, à partir d'un certain moment, je me suis mis à
lui expédier la même somme en deux versements
annuels. Je lui en donnais la moitié pour son anniversaire, et l'autre moitié à Noël. Je me disais : Comme
ça je n'aurai pas à craindre d'oublier son anniversaire
et je n'aurai pas à me casser la tête pour lui trouver un
cadeau de Noël. Ça me faisait autant de soucis en
moins. Longtemps, ça a marché comme sur des
roulettes.

Et voilà que l'année dernière elle me réclame un
poste de radio. C'était entre deux versements. En
mars, ou peut-être en avril. Une radio lui aurait été
bien utile, m'a-t-elle dit.

Ce qu'elle aurait aimé avoir, c'est un petit radio-
réveil. Elle l'aurait mis dans sa cuisine. Comme ça,
elle aurait pu l'écouter le soir, pendant qu'elle se

préparait à dîner. Et elle aurait pu se guider sur le réveil pour savoir quand il fallait retirer un plat du four, ou combien de temps il lui restait avant son feuilleton.

Un petit radio-réveil.

Elle multipliait les appels du pied. Elle me disait : « Ça m'arrangerait bien d'avoir une radio, mais ça coûte trop cher. Va falloir que j'attende mon anniversaire. J'avais un petit transistor, mais je l'ai fait tomber et il s'est cassé. Une radio, ça aide le temps à passer. » *Ça aide le temps à passer.* Elle revenait dessus chaque fois qu'on se parlait au téléphone, elle y faisait aussi allusion dans ses lettres.

A la fin, j'ai pris le taureau par les cornes. Je lui ai dit au téléphone que mes moyens ne me permettaient pas de lui payer une radio. Et je l'ai répété dans une lettre, pour être sûr de me faire bien comprendre. *Une radio, c'est au-dessus de mes moyens :* c'est ce que j'ai écrit, mot pour mot. Je ne peux pas faire plus que ce que je fais déjà, lui disais-je.

Mais ce n'était pas vrai ! J'aurais très bien pu. Je disais que non, mais j'aurais pu. J'avais largement de quoi. Une radio, ça m'aurait coûté quoi ? Trente-cinq dollars ? Quarante tout au plus, taxe incluse. J'aurais pu lui acheter une radio, et l'expédier par la poste. Et si ça m'embêtait d'aller à la poste, le magasin aurait pu se charger de l'expédition. Ou alors j'aurais pu lui expédier un chèque de quarante dollars avec un petit mot : *Voilà l'argent pour ta radio, maman.*

Tout ça, ce n'était pas la mer à boire. Quarante dollars, tu parles d'une affaire. Mais je ne voulais pas les lâcher. Il me semblait que c'était une question de principe. C'est ce que je me disais en tout cas : c'est une question de principe.

Où ça va se nicher, les principes.

Et là-dessus qu'est-ce qui arrive ? Elle tombe morte. *Morte !* Elle revenait de faire ses courses, un sac de supermarché dans les bras, et la voilà qui pique du nez dans une bordure de troènes et qui claque.

J'ai pris l'avion pour aller m'occuper des obsèques. Elle était encore à la morgue. Ils avaient mis son sac à main et ses provisions derrière l'un des bureaux de la réception. Je n'ai pas vérifié le contenu du sac à main avant de signer la décharge, mais j'ai vu ce qu'elle ramenait du supermarché : un bocal de mucilage, deux pamplemousses, une demi-livre de cottage cheese, un litre de lait fermenté, des pommes de terre, des oignons et un paquet de viande hachée qui prenait déjà une teinte suspecte.

En voyant ça, je me suis mis à pleurer comme un veau. Les grandes eaux. Je ne pouvais plus m'arrêter. La préposée de la morgue était gênée. Elle est allée me chercher un verre d'eau. Ils m'ont donné deux sacs en plastique : un pour les provisions de ma mère, et un autre pour ses effets personnels : son sac à main et son dentier. Plus tard, j'ai mis le dentier dans la poche de mon veston, j'ai pris ma voiture de louage et je suis allé le remettre à un employé du salon mortuaire.

La lumière est toujours allumée dans la cuisine d'Amanda. Une lumière vive et abondante, qui se répand sur le jardin plein de feuilles mortes. Peut-être qu'Amanda a aussi peur que moi. Peut-être qu'elle a laissé cette lumière allumée en guise de veilleuse. Ou alors elle est assise dans la cuisine, sous la lampe, et elle m'écrit une lettre qu'elle s'arrangera pour me faire parvenir tout à l'heure, après le lever du jour.

Au fait, tiens, depuis que nous nous connaissons,

Amanda ne m'a jamais écrit. Voilà déjà un bout de
temps que nous sommes amants (six mois? huit
mois?) et je n'ai jamais vu le moindre échantillon de
son écriture. Pour ce que j'en sais, elle pourrait être
illettrée.

Mais elle ne l'est sûrement pas. Elle parle de livres,
non? Et puis ça n'y changerait rien. Enfin pas grand-
chose. Je l'aimerais de toute façon, pas vrai?

D'ailleurs, je ne lui ai jamais écrit non plus. On
s'est parlé, c'est tout. Au téléphone, ou en personne.

Molly avait la plume facile, elle. Après notre
séparation, elle a continué à m'écrire. Quand Vicky
trouvait une de ses lettres dans la boîte, elle la posait
sur la table de la cuisine sans dire un mot. Avec le
temps, les lettres se sont espacées, mais elles étaient de
plus en plus biscornues. A la fin, elles n'arrivaient
plus que sporadiquement, mais à chaque fois, elles me
donnaient la chair de poule. Elle y parlait tout le
temps d'« auras » et de « présages ». Parfois elle
m'informait qu'une « voix » lui avait enjoint de faire
quelque chose ou d'aller quelque part. Un jour, elle
m'a écrit qu'en dépit de tout ce qui s'était passé, nous
étions toujours « branchés sur la même fréquence ».
Elle prétendait savoir exactement ce que j'éprouvais,
à tout moment. Elle disait que de temps en temps, elle
m'envoyait « des ondes ». En lisant ses lettres, je
sentais un frisson glacé me remonter l'échine. Elle
avait trouvé un nouveau nom au destin. A présent,
elle disait : *karma*. « J'obéis à mon karma », m'écri-
vait-elle. Ou : « Ton karma prend mauvaise tour-
nure. »

Je voudrais dormir, mais à quoi bon? D'ici peu,
tout le quartier sera debout. Le réveil de Vicky ne va

pas tarder à sonner. Je voudrais remonter dans la chambre, me remettre au lit avec ma femme, lui demander pardon, lui dire que ce n'était qu'un malentendu stupide, et ensuite m'endormir et me réveiller dans ses bras. Mais je n'en ai plus le droit à présent. Je me suis volontairement exclu de tout ça, et il n'y a pas de retour possible. Mettons que je le fasse. Mettons que je remonte dans la chambre et que je me recouche avec Vicky, comme j'en ai envie. Elle serait fichue de se réveiller et de me crier : *Ne me touche pas, espèce d'ordure !*

Moi, la toucher ? En voilà une idée. Je ne la toucherais pas, en tout cas pas de cette façon.

Deux mois après que je lui ai tiré ma révérence, Molly a craqué pour de bon. Sa raison déjà chancelante a chaviré complètement. C'est sa sœur qui s'est chargée de la faire soigner. Enfin, quand je dis soigner... Ils l'ont fait interner, quoi. Soi-disant qu'il n'y avait pas moyen de faire autrement. Ils ont enfermé ma femme chez les fous. Moi, entre-temps, je m'étais mis en ménage avec Vicky et j'avais toutes les peines du monde à m'empêcher de boire. Je n'ai rien pu faire pour Molly. On ne vivait plus ensemble, et même si je l'avais voulu je n'aurais pas pu la sortir de là. D'ailleurs, je ne le voulais pas. Ils disaient tous que c'était pour son bien. Qu'elle en avait *besoin*. Le destin, plus personne n'en parlait. On n'en était plus là à présent.

Je ne suis même pas allé la voir. Pas une seule fois. Je m'étais mis dans la tête que je ne le supporterais pas. Mon Dieu, comment ai-je pu me défiler comme ça ? Après tout ce que nous avions vécu ensemble ! Comme lâcheur, on ne fait pas mieux. Mais qu'est-ce que j'aurais bien pu lui dire, aussi ? *Pardon de t'avoir fait ça, ma chérie ?* Oui, j'aurais pu dire ça, sans doute. Je comptais bien lui écrire, mais je ne l'ai pas fait. Pas une ligne. Mais au fond, qu'est-ce que j'aurais bien pu lui raconter dans ma lettre ? *Est-ce qu'on te traite bien, chérie ? C'est lamentable ce qui t'arrive, mais il ne faut pas te laisser abattre. Tu te souviens des bons moments qu'on a eus ? Tu te souviens comme on était heureux tous les deux ? Vraiment, ça me désole qu'ils t'aient fait ça. Je regrette que ça ce soit terminé ainsi. Je regrette de t'avoir laissée dans ce merdier.* Pardon, Molly.

Je ne lui ai pas écrit. J'essayais de l'oublier, je crois. De faire comme si elle n'avait jamais existé. Molly ? Quelle Molly ?

J'ai abandonné ma femme et j'ai piqué celle d'un autre : Vicky. Et maintenant, j'ai peut-être bien perdu Vicky aussi. Mais Vicky ne finira pas dans une maison de vacances pour frappés. Elle a la peau dure. La rupture avec Joe Kraft, son premier mari, ne lui a fait ni chaud ni froid ; il lui en aurait fallu plus pour l'empêcher de dormir ne serait-ce qu'une nuit.

Vicky Kraft-Hughes. Amanda Porter. C'est donc à ça que mon destin devait aboutir ? A gâcher la vie de ces deux femmes dans cette rue, ce quartier ?

La lumière s'est éteinte dans la cuisine d'Amanda. Je ne l'ai pas vue s'éteindre, j'avais les yeux ailleurs. A présent, la maison est plongée dans le noir. Seule, la lanterne du porche brûle encore. Amanda a dû l'oublier. Ohé, Amanda !

A l'époque où Molly était internée, j'avais un peu perdu les pédales moi-même. Autant le dire : j'étais aussi fou qu'elle. Un soir, je suis allé chez mon ami Alfredo. On était toute une bande dans la maison, en train de boire et d'écouter des disques. Je me fichais complètement de ce qui pouvait m'arriver. Je pensais que pour moi, tout était joué. J'étais déboussolé. Je me sentais perdu. Enfin, bref, ce soir-là j'étais chez Alfredo. Alfredo peignait des oiseaux et des animaux tropicaux. Sa maison était pleine de toiles. Tous les murs en étaient couverts. D'autres étaient posées çà et là dans les pièces, appuyées à un support quelconque : les pieds d'une table, ou les rayonnages qu'il s'était construits à l'aide de briques et de planches récupérées. D'autres encore s'entassaient sur la véranda de derrière. J'étais assis dans la cuisine, un verre posé devant moi sur la table. La cuisine faisait fonction d'atelier. Le chevalet était de biais devant la fenêtre, qui donnait sur une ruelle. Une palette, un assortiment de pinceaux et des tubes entamés occupaient un coin de la table. Alfredo était à un mètre de moi, et il se préparait un verre sur le plan de travail de l'évier. La pièce n'était pas grande, et son dépouillement m'enchantait. La chaîne stéréo du living était à fond, et la musique était si tonitruante que les vitres en étaient secouées. Tout à coup, mes mains se sont mises à trembler. Le tremblement a gagné mes bras et mes épaules, et mes dents se sont mises à jouer des castagnettes. Je ne pouvais plus tenir mon verre. Alfredo s'est retourné vers moi, et voyant mon état, s'est écrié :

— Mais qu'est-ce qui t'arrive, vieux ? Hein, qu'est-ce que t'as ? Ça va pas ?

Je ne savais pas quoi dire. Apparemment, j'avais une espèce d'attaque, mais j'en ignorais la nature exacte. J'ai esquissé tant bien que mal un haussement d'épaules.

Alfredo s'est approché, il a tiré une chaise et il s'est assis à côté de moi. Il a posé sa grosse patte de peintre

sur mon épaule. Je tremblais toujours. Il n'avait pas
de peine à le sentir.

— Qu'est-ce que tu as, mon pauvre vieux ? Je suis
désolé, tu sais. Je sais que c'est dur pour toi en ce
moment.

Ensuite, il m'a annoncé qu'il allait me préparer un
menudo. Il m'a dit que c'était le meilleur remède contre
le mal dont je souffrais.

— C'est bon pour les nerfs, tu vas voir, m'a-t-il
expliqué. Ça te calmera instantanément.

Il avait tous les ingrédients nécessaires à la confec-
tion d'un *menudo,* et puis de toute façon il avait envie
d'en faire.

— Écoute, m'a dit Alfredo. Écoute-moi bien, mon
petit vieux. Ta famille, c'est moi à présent.

Il était deux heures du matin, on était saouls, la
maison était pleine de gens saouls et la stéréo braillait
à tue-tête. Mais Alfredo s'est dirigé vers le frigo, l'a
ouvert et en a sorti des trucs. Puis il a refermé la porte
du frigo et a ouvert celle du congélateur, d'où il a tiré
un paquet de je ne sais quoi. Ensuite il a farfouillé
dans les placards. Et pour finir, il a sorti une grosse
marmite de sous l'évier. Maintenant, il était paré.

Des tripes. Il a commencé par des tripes et une
bonne quantité d'eau — trois litres au moins. Ensuite
il a haché des oignons et les a jetés dans l'eau, qui
frémissait déjà. Il a mis dans la marmite des carrés de
chorizo. Il a jeté dans l'eau bouillante quelques
piments et une bonne pincée de chili en poudre. Puis il
y a versé de l'huile d'olive. Il a ouvert une grosse boîte
de concentré de tomate et vidé son contenu dans la
marmite. Il a ajouté des gousses d'ail, plusieurs
tranches de pain blanc, du sel, un filet de citron. Il a
ouvert une deuxième boîte — de la semoule de maïs
— et l'a également vidée dans la marmite. Il a bien

remué le mélange, puis il a baissé le gaz et couvert la marmite.

Je suivais tous ses gestes des yeux. J'étais assis, secoué de tremblements incoercibles, tandis qu'Alfredo, debout à son fourneau, me préparait un *menudo* en m'adressant un flot de paroles auxquelles je ne comprenais pas un traître mot. Par moments il se taisait et se mettait à dodeliner de la tête ou à siffler entre ses dents. De temps à autre, quelqu'un venait faire un tour dans la cuisine pour se ravitailler en bière, mais Alfredo ne levait même pas le nez de son *menudo*. Il était complètement absorbé par son ouvrage. Il aurait pu être chez lui, dans le Michioacan, en train de préparer le *menudo* familial du Nouvel An.

Les gens s'attardaient un moment dans la cuisine, et ils plaisantaient Alfredo sur cette lubie qui l'avait pris de faire cuire un *menudo* en pleine nuit. Mais comme Alfredo ne répondait pas à leurs plaisanteries, ils n'insistaient pas et nous laissaient seuls. A la fin, alors qu'Alfredo me regardait, debout à son fourneau, une cuiller en bois à la main, je me suis levé avec difficulté et je me suis traîné jusqu'à la salle de bains. L'autre porte de la salle de bains donnait sur la chambre d'amis. Je l'ai poussée, je me suis écroulé sur le lit et je me suis endormi. Je suis revenu à moi au milieu de l'après-midi. Le *menudo* ? Envolé. La marmite, vide, trempait dans l'évier. Les autres l'avaient mangé ! Oui, ils l'avaient mangé et de toute évidence ça les avait calmés. La maison était vide, silencieuse.

Après cette nuit-là, je n'ai revu Alfredo qu'une fois ou deux. La vie nous a séparés. Que sont devenus les autres invités ? Je n'en sais rien. Je mourrai probablement sans avoir connu le goût du *menudo*. Mais on ne sait jamais, bien sûr.

C'est donc à ça que tout se ramène, alors? Un
homme entre deux âges qui fricote avec la femme du
voisin, et le mari ulcéré qui montre les dents? C'est un
destin, ça? Oliver a dit une semaine. Plus que trois
jours. Quatre, au mieux.

Dehors, une voiture passe, phares allumés. Le ciel
s'éclaircit. Déjà les premiers oiseaux chantent. Je n'en
peux plus. Il faut faire quelque chose. Je ne peux pas
rester là, les bras croisés. Je ne peux plus attendre.
L'attente n'a que trop duré. J'ai attendu jusqu'à plus
soif, et ça m'a avancé à quoi? D'ici peu, le réveil de
Vicky va sonner. Beth va se lever et se préparer pour
aller à l'école. Amanda va s'éveiller. Le reste du
quartier aussi.

Sur la véranda de derrière, je déniche un vieux jean
et un sweat-shirt râpé. J'ôte mon pyjama, et je les
enfile. Ensuite je mets mes chaussures de toile
blanche. Mes « pompes de poivrot », comme aurait
dit Alberto. Où es-tu, Alberto?

Je vais dans le garage pour y prendre le râteau et
quelques sacs en plastique fort. Ensuite je fais le tour
de la maison et aussitôt que je me retrouve à pied
d'œuvre sur la pelouse de devant, mon râteau à la
main, je comprends que désormais je ne peux plus
reculer. Le jour se lève à peine, mais j'y vois assez
clair pour accomplir ma besogne. Sans plus y réfléchir, je me mets à jouer du râteau. Je ratisse tout le
jardin, pouce par pouce. Il faut que le résultat soit
irréprochable. J'appuie les dents de mon râteau
contre le sol et je tire un bon coup. L'herbe doit avoir
la même sensation qu'un homme à qui l'on tire
brutalement les cheveux. De loin en loin, une voiture

ralentit en passant dans la rue, mais je ne lève pas les yeux de mon travail. Je me doute de ce que ses occupants doivent penser, mais ils se trompent sur toute la ligne. Comment pourraient-ils savoir ? Moi, je suis heureux avec mon râteau.

Le jardin une fois nettoyé, je vais déposer le sac plein de feuilles au bord du trottoir. Ensuite je m'attaque au jardin voisin, celui des Baxter. Au bout d'un instant, la porte s'ouvre et Mrs Baxter paraît sur la véranda, en robe de chambre. Je fais comme si je ne la voyais pas. Ce n'est pas que j'aie honte, ou que je veuille me montrer désagréable. Simplement, je ne veux pas me laisser distraire de mon travail.

Mrs Baxter reste silencieuse un moment, puis elle me dit :

— Bonjour, Mr Hughes. Comment allez-vous ce matin ?

Je m'interromps et je m'éponge le front de la manche.

— Je n'en ai pas pour longtemps, lui dis-je. Ça ne vous ennuie pas au moins ?

— Mais non, voyons, répond-elle. Continuez, je vous en prie.

La silhouette de Mr Baxter s'encadre dans l'embrasure de la porte derrière elle. Il est déjà en tenue de travail : pantalon bleu, veste à carreaux, cravate. Pourtant il ne s'aventure pas au-delà du seuil. Mrs Baxter se retourne vers lui et il hausse les épaules.

Ça ne fait rien. De toute façon, j'ai terminé leur jardin. Des jardins, il y en a d'autres, et plus importants encore. Je me mets à genoux, je saisis le manche de mon râteau par le bas, j'attire les dernières feuilles dans mon sac et je le ficelle. Ensuite je reste là, agenouillé sur le gazon, mon râteau à la main. Je voudrais bien me redresser, mais rien à faire. En relevant les yeux, je vois les Baxter descendre côte à côte l'escalier de leur véranda. Ils viennent vers moi en marchant à pas circonspects sur le gazon mouillé et odorant. Ils s'arrêtent à un mètre de moi et ils m'observent avec curiosité. J'entends la voix de Mrs Baxter qui dit :

— Ma foi, vous nous avez fait du beau travail. Merci beaucoup.

Elle est toujours en robe de chambre et en pantoufles. Il fait frisquet, et elle tient son col fermé d'une main.

Je ne dis rien. Je ne lui dis même pas : « Il n'y a pas de quoi. »

Ils restent là, à me regarder. Aucun de nous ne profère la moindre parole. On dirait que nous sommes liés par une connivence tacite. Au bout d'un moment, ils tournent les talons et ils regagnent leur maison. Très haut au-dessus de ma tête, dans les branches du vieil érable (c'est de là que viennent toutes ces feuilles), des oiseaux se lancent des appels. En tout cas il me semble que ce sont des appels.

Tout à coup, une portière claque. Mr Baxter est monté en voiture. Sa voiture est dans l'allée, et il a baissé sa vitre. Mrs Baxter lui dit quelque chose du haut de la véranda. Il hoche lentement la tête et il se tourne vers moi. En voyant que je suis toujours à genoux avec mon râteau, son visage s'assombrit et il fronce les sourcils. Mr Baxter n'est pas un aigle : c'est un brave homme de l'espèce la plus ordinaire. Mais moi, je le trouve spécial. Je trouve que c'est un être privilégié. D'abord, il a une bonne nuit de sommeil derrière lui et il vient d'embrasser sa femme avant de partir au travail. Ensuite, avant même qu'il soit parti, on attend déjà son retour dans un nombre d'heures

déterminé. Bien sûr, si l'on observe tout cela du point
de vue de Sirius, le retour de Mr Baxter ne sera qu'un
événement bien minime, mais un événement tout de
même.

Baxter met le contact et il laisse tourner son moulin.
Puis il descend l'allée en marche arrière, sans à-coups,
freine et débraye. Au moment de s'engager dans la
rue, il ralentit et jette un rapide coup d'œil dans ma
direction. Il ôte une main de son volant et la lève. Est-
ce un salut ou une manière de m'envoyer promener ?
Je n'en sais rien, mais en tout cas c'est un signe.
Ensuite, son regard se détache de moi et il va se
perdre en direction de la ville. Je me hisse debout et à
mon tour je lève la main. Sans l'agiter vraiment, mais
peu s'en faut. D'autres voitures passent dans la rue.
Le conducteur de l'une d'elles, croyant sans doute
qu'il me connaît, m'adresse un petit coup de klaxon
amical. Je regarde à droite, je regarde à gauche et je
traverse la rue.

L'éléphant

Je savais que c'était une erreur de passer cet argent à mon frère. Des débiteurs, j'en avais déjà bien assez comme ça. Mais est-ce que j'avais le choix? Il m'a appelé pour me dire qu'il n'avait pas de quoi payer la prochaine traite sur sa baraque. Il vivait en Californie, à mille milles de chez moi, si bien que sa baraque, je n'y avais jamais mis les pieds; je ne savais même pas à quoi elle ressemblait. Mais je n'aurais pas voulu qu'il la perde. Au téléphone, il chialait. Il m'a dit qu'on allait le dépouiller du produit d'une vie entière de travail. Il m'a promis qu'il me rembourserait au mois de février. Peut-être même avant. En tout cas, pas plus tard qu'en mars. Il m'a dit que les impôts allaient lui restituer un trop-perçu. En outre, il avait fait un petit placement qui devait fructifier en février. Il s'est montré très évasif sur la nature de ce placement, et je n'ai pas insisté pour qu'il me donne plus de détails.

— Tu peux compter sur moi, m'a-t-il dit. Je ne te ferai pas d'entourloupettes.

L'été précédent, mon frère avait perdu son boulot. L'usine d'isolation où il travaillait avait procédé à un dégraissage, et il avait fait partie de la charrette de deux cents licenciés. Il avait touché le chômage

pendant quelques mois, mais à présent c'était fini, et
ses économies avaient fondu comme neige au soleil. Il
n'était plus couvert par l'assurance maladie. L'assurance maladie, il l'avait perdue en même temps que
son boulot. Sa femme, qui avait dix ans de plus que
lui, souffrait de diabète et son état nécessitait des soins
constants. Il avait été forcé de vendre leur voiture
d'appoint — celle de sa femme, une vieille station-
wagon. Et puis, une semaine plus tôt, il avait porté sa
télé au clou. Il m'a raconté qu'il s'était collé un tour
de reins en trimbalant sa grosse Sony d'une boutique
de prêteur à l'autre. Il avait fait toute la rue des
monts-de-piété pour voir qui lui ferait la meilleure
offre, et en fin de compte il n'en avait tiré que cent
malheureux dollars. En me parlant de sa télé et de son
lumbago, il savait bien qu'il allait faire mouche. Pour
ne pas flancher après ça, il aurait fallu que j'aie une
pierre à la place du cœur.

— Je suis dans la merde jusqu'au cou, m'a-t-il dit.
Mais tu peux m'aider à m'en sortir.

— Combien ?

— Cinq cents dollars. Oh, j'aurais l'usage de plus,
bien sûr, a-t-il ajouté. Mais j'aime mieux être réaliste.
Cinq cents dollars, je sais que je vais pouvoir te les
rendre. Si c'était plus, je te le dis franchement, je n'en
serais pas sûr. Ça m'embête de te demander ça, frérot.
Mais tu es mon dernier recours. Si ça continue comme
ça, on va bientôt être à la rue, Irma Jean et moi. Je ne
te laisserai pas le bec dans l'eau, ne crains rien.

C'est exactement ce qu'il m'a dit. Mot pour mot.

On a échangé encore quelques propos, qui portaient essentiellement sur notre mère et ses problèmes
et là-dessus, bref, je lui ai envoyé l'argent. Je ne
pouvais pas faire autrement. En tout cas c'est ce qu'il
me semblait, et ça revient au même. J'ai joint à mon

chèque une lettre dans laquelle je lui disais qu'il n'aurait qu'à rendre l'argent à notre mère. Elle vivait dans la même ville que lui, et elle était fauchée comme les blés. Depuis trois ans, je lui expédiais un chèque tous les mois, qu'il pleuve, qu'il vente ou qu'il grêle. Je me disais que si mon frère lui remettait l'argent qu'il me devait, je pourrais souffler un peu. Ça me ferait toujours une corvée de moins pendant deux mois. Et pour être franc je me disais aussi que comme ils vivaient dans le même bled et se voyaient assez régulièrement, mon frère risquait moins de l'oublier que moi. En somme, j'aimais mieux ne pas m'embarquer sans biscuits. Mon frère avait sans doute les meilleures intentions du monde, mais un événement imprévu aurait pu lui mettre des bâtons dans les roues. Et puis, comme on dit, loin des yeux, loin du cœur. Mais il n'allait quand même pas estamper sa propre mère. Ça ne se fait pas.

J'ai passé des heures à écrire des lettres pour bien leur faire comprendre le déroulement des opérations. J'ai même téléphoné plusieurs fois à ma mère pour lui expliquer ce que j'avais combiné. Mais elle trouvait ça louche. J'ai eu beau lui décortiquer toute l'affaire dans ses moindres détails au téléphone, elle restait dubitative. Je lui ai certifié que Billy, en paiement de ce qu'il me devait, lui verserait l'argent que j'aurais normalement dû lui envoyer le 1er mars et le 1er avril. Elle aurait ses sous comme d'habitude, sauf que ces deux mois-là Billy les lui remettrait en main propre au lieu que ce soit moi qui les expédie par la poste. Mais si, tout irait bien, elle n'avait aucune raison de s'en faire. Elle n'avait à se soucier de rien. Ce n'était pas la peine que Billy m'envoie l'argent qu'il me devait pour que je le lui renvoie à elle. Donc, il lui remettrait l'argent directement. Tous ces coups de fil ont dû me coûter

une vraie fortune. Et si on me donnait cinquante *cents*
pour chaque lettre que j'ai dû écrire pour faire part à
Billy de ce que j'avais dit à ma mère ou expliquer à
ma mère ce qu'elle devait attendre de Billy, je serais
un homme riche.

Mais ma mère se méfiait de Billy.

— Et s'il ne le trouve pas, cet argent ? m'a-t-elle dit
au téléphone. Il est dans la mouscaille, et ça me navre,
mais suppose qu'il n'arrive pas à me payer, hein ?
Qu'est-ce que je vais devenir, moi, mon petit ?
Comment je ferai ?

— Dans ce cas, je t'enverrai l'argent comme d'habitude, ai-je répondu. S'il ne te le donne pas, je te le
donnerai, moi. Mais il te le donnera, ne t'en fais pas.
Il me l'a promis, et il tiendra parole.

— Ce n'est pas que j'aie envie de me faire du
mauvais sang, m'a-t-elle dit, mais je m'en fais quand
même. Je me fais du mauvais sang pour mes enfants,
et je m'en fais pour moi aussi. Jamais je n'aurais cru
qu'un de mes garçons allait se retrouver dans un
pétrin pareil. C'est une chance que ton père ne soit
plus là pour voir ça.

En trois mois, mon frère lui a donné en tout et pour
tout cinquante dollars sur les cinq cents qu'il me
devait. Cinquante, ou peut-être soixante-quinze. Sur
ce point, j'ai eu droit à deux versions divergentes :
celle de ma mère, et celle de Billy. Je ne sais pas
auquel des deux il faut accorder foi, mais en tout cas,
ma mère n'a pas touché ce qu'elle aurait dû, loin de
là. Le reste, il a bien fallu que je l'expédie moi-même.
Il a fallu que je raque, comme d'habitude. Mon frère
était un homme fini. C'est ce qu'il m'a dit quand je
l'ai appelé pour voir où il en était après que ma mère
m'eut téléphoné pour me réclamer ses sous. Ma mère
m'a dit :

— J'ai envoyé le facteur vérifier dans sa camionnette, des fois que ta lettre serait tombée derrière le siège. Ensuite j'ai fait la tournée des voisins en leur demandant si on ne leur avait pas distribué du courrier à moi par erreur. Cette histoire me retourne les sangs, mon chéri. Que veux-tu qu'une maman se dise dans ces cas-là ? m'a-t-elle demandé.

Qui se souciait de ses intérêts dans tout cela ? Elle aurait bien voulu que je le lui dise. Et elle aurait bien voulu savoir quand elle allait enfin recevoir ses sous.

C'est là que j'ai téléphoné à mon frère pour savoir s'il s'agissait d'un simple retard ou d'une déconfiture en règle. A l'en croire, tout était foutu pour lui. Il était fait comme un rat. Il allait mettre sa baraque en vente incontinent. Tout ce qu'il espérait, c'est qu'il n'allait pas être obligé de la brader. Il avait déjà bazardé tout son mobilier. Il avait tout vendu, sauf la table et les chaises de la cuisine.

— Si je pouvais, je vendrais mon sang, m'a-t-il dit. Mais qui me l'achèterait ? Verni comme je suis je dois avoir une maladie incurable.

Bien entendu, son placement n'avait rien donné. Je l'ai interrogé à ce sujet, mais il s'est borné à me dire qu'il avait « fait long feu ». Et le fisc ne lui avait rien restitué : son trop-perçu avait fait l'objet d'une saisie-arrêt, ou un machin du même genre.

— C'est la série noire, m'a-t-il dit. Je suis désolé, frérot. Tout ça est indépendant de ma volonté.

— Je comprends.

Et c'était vrai. Je comprenais. Mais ça ne changeait rien au problème. Au bout du compte, il ne m'a pas rendu l'argent qu'il me devait, et il ne l'a pas donné non plus à maman. Il a fallu que je continue à lui expédier son chèque tous les mois.

Je l'avais mauvaise, ça oui. Mettez-vous à ma place. Je plaignais Billy de tout mon cœur, et j'aurais voulu que la guigne cesse de s'acharner sur lui. Mais moi aussi je tirais le diable par la queue, à présent. Enfin, il y avait au moins une chose de sûre, c'est que désormais, avec cette dette en souffrance, il n'allait plus essayer de me taper. Personne n'irait vous faire un coup pareil. En tout cas, c'est ce que je me figurais. Qu'est-ce que je suis niais quand je m'y mets.

J'étais tout le temps sur la brèche. Chaque jour je me levais aux aurores, je partais pour l'usine et je trimais jusqu'au soir. En arrivant chez moi, je m'écroulais dans mon fauteuil et je n'en bougeais plus. J'étais tellement vanné qu'il me fallait un temps fou avant de me décider à délacer mes grolles. Ensuite, je restais prostré là. Je n'avais même pas la force de me lever pour allumer la télé.

J'étais navré que mon frère ait tous ces ennuis. Mais des ennuis, j'en avais mon lot aussi. Il n'y avait pas que ma mère pour qui je devais banquer. J'avais une ex-femme à qui je versais une pension mensuelle. Je m'en serais volontiers passé, mais un tribunal m'y avait astreint. J'avais aussi une fille qui vivait à Bellingham avec ses deux gosses, et j'étais bien obligé de lui envoyer un petit quelque chose tous les mois. Il fallait bien que ses enfants aient quelque chose à manger, pas vrai ? Elle vivait avec un taré qui ne se donnait même pas la peine de chercher du boulot. Même si on lui en avait apporté un sur un plateau, il n'aurait pas été foutu de le garder, ce fumier-là. Les rares fois où il trouvait quelque chose, tantôt il oubliait de se lever, tantôt sa voiture tombait en panne le jour où il allait prendre son poste. Ou alors au bout d'une semaine on le remerciait, sans un mot d'explication.

Autrefois, je prenais ces choses-là très au sérieux, et un jour j'ai même menacé de le tuer. Mais enfin là, je m'égare. Du reste, en ce temps-là, je picolais. Quoi qu'il en soit, ce saligaud est toujours accroché à ma fille.

Dans ses lettres, ma fille me racontait que ses enfants et elle en étaient réduits à se nourrir de flocons d'avoine. (Je suppose que son jules la sautait aussi, mais elle savait bien qu'il valait mieux éviter de me parler de lui.) Elle me disait qu'il fallait juste que je l'aide à tenir jusqu'à l'été, et qu'ensuite les choses s'arrangeraient d'elles-mêmes. L'été, sa chance allait tourner. Elle en était persuadée. Si aucun de ses projets n'aboutissait (mais ça ne risquait rien, elle avait plusieurs fers au feu), elle pourrait toujours trouver de l'embauche à la conserverie de poissons, qui n'était qu'à deux pas de chez elle. Elle mettrait du saumon en boîte, vêtue d'une combinaison de caoutchouc, de bottes de caoutchouc et de gants en caoutchouc. Elle pensait aussi à monter un stand en bord de route pour vendre des sodas aux automobilistes qui faisaient la queue à la frontière canadienne. Des gens qui poireautent dans leur voiture en plein été, ça doit forcément avoir soif, non? Ils ne pourraient pas résister à l'attrait d'un soda bien frais. Mais bon, en tout état de cause, qu'elle opte pour l'une ou l'autre de ces éventualités, l'été venu tout baignerait dans l'huile. Il fallait juste qu'elle tienne le coup jusque-là, et c'est là que j'intervenais.

Elle devait changer d'existence, elle le savait bien. Elle ne demandait qu'à être autonome, comme tout le monde. Elle en avait assez de jouer les victimes. Elle me l'a dit un soir, au téléphone :

— Je ne suis pas une victime, s'est-elle écriée. Je suis juste une jeune mère de deux enfants qui vit avec un salaud de propre à rien. Des femmes comme moi, il y en a des milliers. Le travail ne me fait pas peur, même s'il est dur. Qu'on me donne ma chance, c'est tout. Je ne demande rien d'autre.

Elle m'a dit que ça lui était égal de se priver. Mais en attendant que la chance lui sourie enfin, que les vents de la fortune tournent en sa faveur, il fallait bien qu'elle pense à ses gamins. Elle m'a dit que les enfants lui demandaient sans arrêt si Papy allait bientôt revenir les voir. En cet instant précis, ils étaient en train de dessiner les balançoires et la piscine du motel où j'avais logé un an auparavant, lors de ma dernière visite. C'est en été que tout allait se jouer, m'a-t-elle dit. Si elle arrivait à tenir jusqu'à l'été, ses ennuis allaient se terminer. L'été, les choses allaient changer. Elle en était sûre. Et pourvu que je lui donne un petit coup de pouce, elle y arriverait. « Sans toi, je ne sais pas ce que je deviendrais, Papa. » Oui, elle m'a dit ça. Et ça m'est allé droit au cœur. Comment aurais-je pu refuser de l'aider ? J'étais heureux de pouvoir l'aider, aussi modestement que ce soit. J'avais un boulot, moi. Comparé à elle et à tout le reste de ma famille, j'avais la vie belle. Oui, comparé à eux, je me la coulais douce. Je lui ai envoyé l'argent qu'elle me réclamait. Chaque fois qu'elle me demandait de l'argent, je l'envoyais. Et puis je lui ai dit qu'à mon avis le plus simple serait que je lui envoie une somme fixe au début de chaque mois. Ce ne serait pas le Pérou, mais ça lui ferait toujours une rentrée régulière, de l'argent qui ne serait qu'à elle et à personne d'autre. A elle et aux enfants. Enfin, en tout cas, c'est ce que j'espérais. J'aurais voulu avoir un moyen d'empêcher le salopard qui vivait avec elle de s'approprier ne serait-ce qu'une

orange ou un bout de pain achetés avec mon argent.
Mais bien entendu c'était impossible. Je ne pouvais
rien faire d'autre que d'envoyer l'argent en essayant
de ne pas me ronger les sangs à l'idée qu'il allait
bientôt se goberger à mes frais.

Ma mère, ma fille et mon ex-femme. Ça me faisait
déjà trois bouches à nourrir, sans compter mon
frangin. Mais mon fils aussi avait besoin d'argent.
Après avoir achevé ses études secondaires, il avait fait
sa valise et il était parti de chez sa mère pour aller à
l'université dans l'Est. Son université était dans le
New Hampshire. Le New Hampshire, on ne savait
même pas où c'était. Mais comme il était le premier
de la famille, toutes branches confondues, à avoir
seulement émis le *souhait* de faire des études supérieures, on s'est tous dit que ça devait être une bonne
idée. Moi aussi, c'est ce que je pensais au début.
Comment aurais-je pu deviner que ça finirait par me
coûter la peau du dos? Mon fils a contracté des
emprunts auprès de plusieurs banques pour avoir la
matérielle assurée. Il ne voulait pas être forcé de
s'appuyer un boulot en plus de ses études. C'est ce
qu'il disait. C'est une chose que je peux comprendre,
bien sûr. Dans une certaine mesure même, je l'ap-
prouve. Travailler, ça n'enchante personne. Mais
après avoir emprunté tout ce qu'il pouvait, dont de
quoi se payer une première année d'études en Allemagne, après avoir épuisé toutes ses possibilités
d'emprunt, c'est vers moi qu'il s'est tourné. Il a fallu
que je me mette à envoyer de l'argent, et en plus il
était gourmand. J'ai fini par lui dire qu'il ne fallait
plus compter sur moi. En réponse, il m'a écrit que si
j'étais vraiment dans ces dispositions à son égard, il
n'aurait plus d'autre recours que de se faire dealer ou
de dévaliser des banques. Il fallait bien qu'il se

procure de quoi vivre. Je pourrais m'estimer heureux s'il évitait de se faire descendre ou d'atterrir en prison.

Je lui ai répondu que j'avais changé d'avis et que tout compte fait je pourrais encore l'aider quelque temps. Qu'est-ce que j'aurais pu faire d'autre, hein ? Je ne voulais pas avoir le sang de mon fils sur les mains. Je ne voulais pas avoir à me l'imaginer dans un fourgon cellulaire, ou même pire. J'en avais déjà bien assez comme ça sur la conscience.

Donc, ça m'en faisait quatre. Sans compter mon frère, qui ne figurait pas encore au nombre des abonnés. J'en devenais fou. Ça me tracassait jour et nuit. J'en perdais le sommeil. Chaque mois, je leur expédiais la quasi-totalité de mon salaire. C'était sans issue, il n'y avait pas besoin d'être un génie pour le comprendre, ni même de connaître quoi que ce soit à l'économie. Pour pouvoir joindre les deux bouts, il a fallu que j'emprunte à ma banque. Ça m'a fait une mensualité de plus.

Je me suis mis à rogner sur tout. Par exemple, j'ai renoncé à manger au restaurant. Vivant seul, prendre mes repas au-dehors était pour moi une agréable diversion, mais j'ai fait une croix dessus. Quand des idées de cinéma me venaient, je les chassais. Je ne pouvais plus m'acheter des fringues ni me faire soigner les dents. J'aurais bien eu besoin d'une paire de chaussures neuves, mais ce n'était même pas la peine d'y penser.

Des fois, j'en avais par-dessus la tête et je leur écrivais à tous des lettres dans lesquelles je les menaçais de changer de nom, de quitter mon travail et de disparaître. Je leur disais que je me préparais à émigrer en Australie. L'Australie, ce n'était pas de la blague. J'y songeais sérieusement. Pourtant, c'était un pays dont j'ignorais tout. Je savais seulement qu'il

était à l'autre bout du monde ; et c'était là que j'avais
envie d'être.

Mais dans le fond, mon départ pour l'Australie,
aucun d'entre eux n'y croyait vraiment. Ils me
tenaient, et ils le savaient bien. Ils savaient aussi que
j'étais à bout, ça les navrait et ils me le disaient. Mais
ils étaient d'avance certains que ma grogne se dissipe-
rait d'ici le début du mois suivant, quand le moment
viendrait de leur remplir leurs chèques.

En réponse à une de ces lettres où je parlais
d'émigrer en Australie, ma mère m'a écrit qu'elle ne
voulait plus être un fardeau pour moi. Dès que ses
jambes auraient désenflé, elle allait se mettre en quête
d'un travail. Soixante-quinze ans ou pas, elle avait
peut-être une chance de trouver une place de ser-
veuse, me disait-elle. Je lui ai répondu de ne pas faire
la bête, en lui disant que j'étais heureux de pouvoir
l'aider. Et c'est vrai, j'en étais heureux. Il aurait juste
fallu que je gagne le gros lot à la loterie.

Ma fille savait que l'Australie n'était qu'une
manière de leur dire que j'en avais ma claque. Elle
voyait bien que j'avais besoin d'une petite trêve, d'un
peu de réconfort. Alors elle m'a écrit qu'elle allait
mettre ses enfants en nourrice et prendre ce travail à
la conserverie dès l'ouverture de la saison. Elle était
jeune et solide, me disait-elle. Les journées duraient
de douze à quatorze heures, sept jours sur sept, mais
elle pensait pouvoir tenir le coup sans trop de mal. Il
suffisait qu'elle se répète qu'elle en était capable. Elle
banderait toutes ses forces mentales, et son corps lui
obéirait. Mais encore fallait-il qu'elle dégote une
gardienne compétente pour les enfants. Et ça allait
être coton. Compte tenu de la longueur de ses
journées de travail, elle aurait besoin de quelqu'un
d'assez particulier. D'autant que les gamins étaient

insupportables. Vu la quantité de sucreries qu'ils s'envoyaient, ça n'avait rien d'étonnant. Mais les enfants adorent ce genre de cochonneries, on ne peut pas les en priver. Enfin, en cherchant bien, elle finirait sûrement par trouver la personne adéquate. Toutefois, il fallait qu'elle paye de sa poche les bottes et la combinaison de caoutchouc, et pour ça, elle aurait besoin de moi.

Mon fils m'a écrit qu'il était désolé de me causer tant de soucis et qu'à son avis, pour lui comme pour moi, le mieux était qu'il en finisse une bonne fois. En plus de tout le reste, il s'était aperçu qu'il était allergique à la cocaïne. La cocaïne, me disait-il, le faisait larmoyer et lui déclenchait des crises d'asthme. Il se trouverait donc dans l'impossibilité de tester la qualité du produit lors de ses futures transactions. Par conséquent, sa carrière de dealer était finie avant même d'avoir commencé. Le mieux, c'est que je me tire une balle dans la tête et qu'on n'en parle plus, me disait-il. Ou plutôt non, tiens : il allait se pendre. Ça lui épargnerait d'emprunter un revolver, et en plus ça nous économiserait le prix des balles. Je sais que c'est difficile à croire, mais c'est vraiment ce qu'il me disait dans sa lettre. Il y avait joint une photo de lui, prise l'été précédent, sur le campus de l'université allemande où il étudiait. Il était debout sous un arbre immense, dont les lourdes branches pendaient juste au-dessus de sa tête. Sur la photo, il ne souriait pas.

Mon ex-femme ne m'a pas fait part de son point de vue. Rien ne l'y obligeait. Elle savait qu'elle continuerait de recevoir son chèque tous les mois, même s'il fallait que je le poste de Sydney. Au cas où il ne serait pas arrivé, il lui aurait suffi de décrocher le téléphone pour appeler son avocat.

Les choses en étaient là quand mon frère m'a appelé au téléphone. C'était un dimanche après-midi, dans les premiers jours de mai. J'avais ouvert toutes les fenêtres, et une brise tiède courait à travers la maison. Il y avait de la musique à la radio et le coteau derrière chez moi était en fleurs. Mais dès que j'ai entendu la voix de mon frère au bout du fil, je me suis mis à transpirer. Il ne s'était pas manifesté depuis l'affaire des cinq cents dollars, et je ne pouvais même pas imaginer qu'il allait encore essayer de me soutirer de l'argent. Pourtant, je me suis mis à transpirer. Il m'a demandé comment j'allais, et je me suis lancé dans un discours-fleuve dans lequel il était question de flocons d'avoine, de cocaïne, de conserveries de poisson, de suicide et d'attaques de banques. Je lui ai dit que je ne pouvais plus aller au restaurant ni au cinéma, et que j'avais un trou à ma chaussure. Je lui ai parlé des mensualités que j'étais forcé de verser à mon ex-femme. Tout ça, il le savait, bien sûr. Ça n'avait rien de nouveau pour lui. Pourtant, il m'a dit qu'il était désolé de l'apprendre. J'ai continué à tenir le crachoir. C'est lui qui payait après tout. Mais quand son tour de parler est venu, je me suis dit tout à coup : *Comment vas-tu régler cette communication, Billy ?* Et là, j'ai compris que c'était *moi* qui allait casquer. Quelques minutes encore, ou même seulement quelques secondes, et j'étais cuit.

J'ai regardé par la fenêtre. Le ciel était bleu, avec de rares nuages blancs. Des oiseaux s'étaient perchés sur un fil téléphonique. Je me suis épongé la figure de ma manche. Je ne trouvais plus rien à dire. Abruptement je me suis tu, et j'ai attendu en laissant mon regard errer en direction des montagnes. Et c'est là que mon

frère a dit : « Ça m'embête de te demander ça,
mais... » En entendant ces mots, il m'a semblé que
mon cœur coulait comme une pierre. Ensuite, il a
formulé sa demande.

Cette fois, c'est mille dollars qu'il lui fallait. Oui :
mille ! Depuis la dernière fois qu'on s'était parlé, tout
avait été de mal en pis pour lui. Il m'a donné quelques
détails. Les collecteurs de fonds étaient à sa porte —
oui, à sa porte ! — et ils cognaient dessus avec tant de
force que les vitres en tremblaient. *Bang ! Bang ! Bang !*
La maison entière en était secouée. Il ne pouvait pas
leur échapper. Ils allaient le saisir. Ils allaient lui
piquer sa baraque.

— Aide-moi, frérot, geignait-il.

Mille dollars ! Où voulait-il que j'aille chercher une
somme pareille ? Ma main s'est crispée sur la poignée
du combiné, j'ai cessé de regarder par la fenêtre et je
lui ai dit :

— La dernière fois que je t'ai prêté de l'argent, tu
ne me l'as pas remboursé. Hein, où est-il, mon
argent ?

— Ah bon ? a-t-il fait, feignant la surprise. Je
croyais que je t'avais remboursé. En tout cas, j'en
avais l'intention. J'ai fait de mon mieux, je t'assure.

— Cet argent, tu étais censé le donner à maman,
ai-je dit. Mais tu n'en as rien fait. Il a fallu que je
continue à lui envoyer son chèque tous les mois,
comme d'habitude. On n'en voit pas le bout, Billy.
Chaque fois que j'avance d'un pas, je recule de deux.
Bientôt, je vais couler à mon tour. Vous êtes tous en
train de boire la tasse, et vous m'entraînez avec vous.

— Je lui en ai versé une partie, a-t-il protesté. Je lui
ai donné un petit quelque chose, je tiens à te le
signaler tout de même.

— Elle m'a dit que tu lui avais donné cinquante dollars en tout et pour tout.

— Non, soixante-quinze, a-t-il répondu. Je lui ai donné vingt-cinq dollars de mieux, mais elle l'a oublié. Un après-midi que j'étais chez elle, je lui ai donné deux billets de dix et un de cinq. Mais comme c'était des espèces, elle ne s'en est pas souvenue. Tu sais bien que sa mémoire lui joue des tours. Écoute, a-t-il ajouté, cette fois je te rembourserai, parole d'honneur. Fais le compte de ce que je te dois encore, ajoute-le à ces mille dollars que j'essaye de t'emprunter, et je t'enverrai un chèque. On n'a qu'à faire un échange de chèques. Tout ce que je te demande, c'est de ne pas encaisser mon chèque avant deux mois. Dans deux mois, je serai tiré d'affaire. Le 1er juillet tu auras ton fric, c'est promis. Pas plus tard que le 1er juillet, et ce coup-ci je t'en donne ma parole. On est sur le point de vendre un terrain qu'Irma Jean avait hérité de son oncle. C'est dans la poche. On a trouvé le client. Il reste quelques détails mineurs à régler, et après on n'aura plus qu'à signer. En plus, j'ai un boulot en vue. C'est du tout cuit. Je vais être obligé de me farcir un trajet de quarante bornes matin et soir, mais je m'en fous. Même s'il fallait en faire cent, je le prendrais, et avec joie encore. Dans deux mois, mon compte sera approvisionné, tu vois bien. Le 1er juillet tu seras remboursé. Intégralement. Tu peux en être sûr.

— Billy, je t'aime de tout mon cœur, ai-je dit, mais j'ai mon lot de difficultés, moi aussi. Et comme tu sais, il est particulièrement écrasant ces temps-ci.

— C'est bien pour ça que je serai réglo avec toi, a-t-il dit. Tu as ma parole d'honneur. Tu peux me faire entièrement confiance. Dans deux mois, tu pourras encaisser mon chèque. Deux mois, pas plus. C'est tout ce que je te demande. Je n'ai personne d'autre vers qui me tourner, frérot. Tu es mon dernier espoir.

J'ai fini par céder, bien sûr. A ma grande surprise, ma banque n'a fait aucune difficulté pour m'accorder un nouveau prêt. J'ai expédié l'argent à mon frère, et nos courriers se sont croisés. J'ai punaisé son chèque dans la cuisine, à côté du calendrier et de la photo de mon fils debout sous le grand arbre. Ensuite, j'ai attendu.

J'attends toujours. Mon frère m'a écrit pour me demander de ne pas encaisser le chèque à la date prévue. Je t'en prie, attends encore un peu, me disait-il. Il avait eu quelques petits pépins. Le boulot qu'on lui avait promis lui était passé sous le nez. Et ce n'était pas tout. En fin de compte, ils n'avaient pas vendu le terrain de sa femme. Au dernier moment, elle n'avait pas pu se résoudre à s'en séparer. Il était dans sa famille depuis plusieurs générations. Qu'est-ce qu'il y pouvait, hein ? Le terrain était à elle, et il n'y avait pas moyen de lui faire entendre raison.

Sur ces entrefaites, ma fille m'a téléphoné pour m'annoncer que des inconnus s'étaient indroduits par effraction dans sa caravane et l'avaient dévalisée. Ils lui avaient tout pris. En rentrant chez elle, à la fin de sa première journée de travail à la conserverie, elle avait trouvé la caravane entièrement vide. Il ne lui restait pas le moindre meuble. Pas même une chaise pour s'asseoir. Ils lui avaient même piqué son lit. Ils allaient être obligés de dormir à même le sol, comme des romanichels.

— Où était machin-chose pendant ce temps-là ? lui ai-je demandé.

Elle m'a dit que ce jour-là il était sorti pour chercher du travail. Il avait dû passer la soirée chez des copains. A vrai dire, elle n'avait pas la moindre idée de l'endroit où il se trouvait à l'heure du crime, et elle ne savait pas non plus où il était maintenant. « J'espère qu'il est au fond de la rivière », m'a-t-elle dit. Au moment où le cambriolage avait eu lieu, les enfants étaient chez la dame qui les gardait. Bon, mais enfin, si je pouvais lui avancer de quoi s'acheter quelques meubles d'occase, elle me rembourserait aussitôt qu'elle aurait touché sa première paie. Si je lui envoyais quelque chose avant la fin de la semaine (par mandat télégraphique, peut-être ?) elle pourrait au moins se constituer une ébauche d'ameublement.

— On a profané mon espace, m'a-t-elle dit. J'ai l'impression d'avoir été violée.

Mon fils m'a écrit du New Hampshire. Dans sa lettre, il me disait qu'il fallait absolument qu'il retourne en Europe. C'était une question de vie ou de mort. Il allait passer ses examens à la fin du semestre d'été, mais après ça il ne supporterait pas de vivre en Amérique un jour de plus. Il étouffait dans ce pays. La société était trop matérialiste. Ici, aux États-Unis, il n'y avait pas moyen de parler avec qui que ce soit sans que la conversation roule d'une manière ou d'une autre sur le fric, et il n'en pouvait plus. Il n'avait rien d'un yuppie, et il n'avait aucune intention d'en devenir un. Ce n'était vraiment pas son truc. Est-ce que je pourrais lui avancer le prix d'un billet d'avion pour l'Allemagne ? Ce serait la dernière faveur qu'il me demanderait, et après ça il ne reviendrait plus me casser les pieds.

Mon ex-femme ne s'est pas manifestée. Ce n'était pas nécessaire. Nous savions l'un et l'autre à quoi nous en tenir.

Ma mère m'a écrit qu'il fallait qu'elle se passe de bas compressifs et qu'elle ne pouvait plus se faire teinter les cheveux. Elle avait cru que cette année elle pourrait se faire une petite cagnotte en prévision des mauvais jours, mais ça n'en prenait pas le chemin. Ce n'était pas demain la veille qu'elle y arriverait, elle le voyait bien. « Comment vas-tu ? me demandait-elle. Et les autres, comment ils vont ? J'espère que vous vous portez tous bien. »

J'ai posté de nouveaux chèques, et j'ai attendu, la gorge serrée.

Pendant que j'attendais, j'ai fait un rêve une nuit. Deux rêves plutôt, au cours de la même nuit. Dans le premier, mon père, revenu à la vie, me prenait à cheval sur ses épaules. J'étais tout petit, cinq ou six ans peut-être. Il me disait : *Allez, grimpe !* me saisissait les mains et me hissait sur ses épaules. J'étais très loin du sol, mais je n'avais pas peur. Il me tenait. Nous nous tenions mutuellement. Il s'est mis à marcher le long du trottoir. J'ai ôté mes mains de ses épaules et je les ai refermées autour de son front. *Arrête, tu vas tout me décoiffer,* me disait-il. *Tu peux me lâcher,* me disait-il. *Je te tiens bien, tu ne tomberas pas.* Quand il a dit ça, je me suis aperçu que ses mains étaient solidement agrippées à mes chevilles. Du coup, je l'ai lâché. J'avais les mains libres à présent. J'ai tendu les bras à l'horizontale pour m'équilibrer. Mon père a continué à marcher et moi, à cheval sur ses épaules, je jouais à faire comme s'il était un éléphant. Où allions-nous ? Je ne sais pas. A l'épicerie, peut-être. Ou alors il m'emmenait au jardin public pour me faire faire de la balançoire.

Je me suis réveillé, je me suis levé et je suis allé aux toilettes. Dehors, le jour commençait à poindre. Il ne me restait plus qu'une petite heure avant de partir au boulot. L'idée de mettre du café en route et de m'habiller m'est venue, mais en fin de compte j'ai décidé de me remettre au lit. Toutefois, je n'avais pas l'intention de me rendormir. Je me disais que j'allais juste rester étendu, les mains sous la nuque, et regarder le jour se lever en pensant à mon père. Ça faisait un sacré bout de temps que je n'avais pas pensé à lui. Il n'occupait plus aucune place dans ma vie, que ce soit dans le sommeil ou à l'état de veille. Enfin, bref, je me suis recouché. Mais au bout d'un instant, mes yeux se sont fermés et aussitôt je me suis retrouvé dans un autre rêve. Mon ex-femme y figurait, mais dans le rêve elle n'était pas mon ex-femme. Nous étions encore mariés. Mes gosses étaient là aussi. Ils étaient tout petits, et ils mangeaient des pommes chips. En rêve, je sentais l'odeur des chips et je les entendais craquer sous leurs dents. Nous étions sur une couverture, près d'un plan d'eau. Dans mon rêve, j'éprouvais un sentiment de satisfaction, de bien-être. Et puis tout à coup, je me retrouvais au milieu d'un groupe de gens que je ne connaissais pas et l'instant d'après je défonçais la vitre de la voiture de mon fils d'un coup de pied en hurlant que j'allais le tuer. Je l'avais fait pour de bon autrefois. Il était assis dans la voiture. La vitre volait en éclats et mon pied passait à travers. Sur ce, mes yeux se sont ouverts et je me suis réveillé. Mon réveil s'était déclenché. J'ai tendu le bras pour l'arrêter, mais je suis resté allongé encore un moment. Mon cœur battait à tout rompre. Dans le second rêve, quelqu'un m'avait offert un verre de whisky et je l'avais bu. C'est d'avoir bu ce whisky qui m'avait fait si peur. Il ne pouvait rien m'arriver de pire. En faisant ça, j'avais touché le fond. Tout le reste n'était que de la petite bière à côté. Je suis encore resté allongé un peu, en m'efforçant de reprendre mon sang-froid. Ensuite, je me suis levé.

Je me suis fait du café et je me suis attablé dans la cuisine, face à la fenêtre. Je faisais de petits ronds sur

la table avec ma tasse, machinalement, et l'Australie
s'est remise à me trotter dans la tête. J'y songeais très
sérieusement et puis, tout d'un coup, je me suis rendu
compte de ce que les membres de ma famille avaient
dû éprouver quand je les avais menacés d'émigrer là-
bas. D'abord, ça avait dû leur faire un choc. Peut-être
même qu'ils avaient eu peur. Et puis, me connaissant,
ça avait sans doute fini par leur paraître désopilant.
En les imaginant en train de se bidonner, je n'ai pu
me retenir de rire tout seul. *Ah! Ah! Ah!* C'est
exactement ce son-là que j'ai émis, assis à la table de
ma cuisine : *Ah! Ah! Ah!,* comme si j'avais appris à
rire dans un livre.

Qu'est-ce que j'aurais été y faire, en Australie,
hein? A vrai dire, je n'avais pas plus envie d'aller en
Australie qu'à Tombouctou, au pôle Nord, ou dans la
lune. Je m'en tamponnais, de l'Australie. Et aussitôt
que j'ai compris ça, aussitôt que j'ai compris que je ne
m'en irais pas en Australie, ni ailleurs, je me suis senti
ragaillardi. J'ai allumé une autre cigarette et j'ai
repris du café. Je n'avais pas de lait à mettre dedans,
mais je m'en fichais. Boire mon café sans lait, pour
une fois, ça n'allait pas me tuer. Ma tasse à peine
vidée, j'ai emballé mon déjeuner dans ma boîte à
casse-croûte, j'ai rempli la Thermos et je l'ai fixée
dans l'espace aménagé à cet effet sous le couvercle de
la boîte. Ensuite, je suis sorti.

Il faisait un temps radieux. Le soleil brillait au-
dessus des montagnes, de l'autre côté de la ville, et un
vol d'oiseaux sauvages traversait la vallée. Je ne me
suis même pas donné la peine de fermer la porte à clé.
Je n'avais pas oublié la mésaventure de ma fille, mais

tout compte fait je ne possédais rien qui vaille la peine d'être volé. La maison ne renfermait pas un seul objet dont je n'aurais pu me passer. J'avais bien une télé, mais elle me sortait par les trous de nez. Si un cambrioleur était venu me la barboter, il m'aurait plutôt rendu service.

A tout prendre, j'étais d'humeur guillerette. J'ai décidé d'aller à l'usine à pied. Ce n'était pas si loin que ça, et j'avais largement le temps. Ça m'économiserait un peu d'essence, mais ce n'était pas mon principal motif. Je me disais surtout que c'était l'été, et qu'il n'allait pas durer éternellement. L'été, le moment où ils avaient tous cru que la chance allait tourner. J'aurais préféré ne pas y penser, mais ça m'est venu en tête spontanément.

Je me suis mis à marcher sur le bord de la route et tandis que je marchais, sans raison particulière, je me suis mis à penser à mon fils. Où qu'il puisse être, mes vœux l'accompagnaient. En principe, il aurait dû être arrivé en Allemagne à présent. Est-ce qu'il était heureux ? Je l'espérais. Il ne m'avait pas encore écrit pour me donner son adresse, mais j'étais sûr que j'aurais de ses nouvelles sous peu. Et ma fille — Dieu la bénisse — j'espérais qu'elle allait bien. J'ai décidé que, dès ce soir, j'allais lui écrire une lettre pour lui dire que j'étais de cœur avec elle. Ma mère était en vie, et elle se portait raisonnablement bien. Là aussi, on pouvait dire que j'avais de la veine. Si tout se passait bien, je l'aurais encore pendant pas mal d'années.

Des oiseaux chantaient. Quelques voitures sont passées sur la route. Bonne chance à toi aussi, mon frère, me disais-je. J'espère que tu vas te remettre à flot. L'argent, tu me le rendras quand tu pourras. Et mon ex-épouse, cette femme dont j'avais été si amou-

reux. Elle aussi était vivante et bien portante — à ma
connaissance en tout cas. Je lui souhaitais d'être
heureuse. Tout bien pesé, les choses auraient pu être
pires. Bien sûr, ils tiraient la langue en ce moment.
Mais tout ça, c'était la faute à pas de chance. Le vent
finirait par tourner. L'automne venu, ça allait sûrement se tasser. Rien n'était perdu.

Tout en marchant, je me suis mis à siffloter. Si ça
me plaisait de siffloter, je ne voyais pas pourquoi je
m'en serais privé. Je balançais les bras en cadence,
mais la boîte à casse-croûte me déséquilibrait. En plus
de la Thermos, elle contenait deux sandwiches, une
pomme et des gâteaux secs. Je me suis arrêté à la
hauteur du Smitty's, un ancien snack désaffecté dont
les fenêtres avaient été condamnées à l'aide de
planches. Je l'avais toujours connu ainsi. J'avais envie
de me délester un peu de ma boîte à casse-croûte. Je
l'ai posée sur le gravier de l'aire de stationnement.
Ensuite j'ai levé les bras et je les ai tenus écartés à la
hauteur des épaules. Tandis que je me tenais dans
cette posture, l'air d'un parfait abruti, une auto qui
passait a donné un petit coup de klaxon et elle est
venue se ranger sur l'aire de stationnement. J'ai
ramassé ma boîte à casse-croûte et je me suis dirigé
vers elle. C'était un gars qui travaillait dans ma boîte,
un nommé George. Il s'est penché pour m'ouvrir la
portière côté passager.

— Allez, monte, vieux, m'a-t-il dit.

Je lui ai dit : « Salut, George », et je me suis assis à
côté de lui. J'ai refermé la portière et il a démarré sur
les chapeaux de roues, en soulevant des gerbes de
gravillons.

— Eh, je t'ai vu, m'a dit George. Ouais, j'ai vu ton
petit manège. Tu t'entraînes à quelque chose, mais je
ne sais pas à quoi.

Il m'a jeté un rapide coup d'œil et aussitôt son regard s'est reporté sur la route. Il allait vite.

— Tu te balades toujours sur le bord des routes avec les bras en croix ?

Il a ri *(Ah! Ah! Ah!)* et il a appuyé sur le champignon.

— Oui, des fois, ai-je répondu. Enfin, à l'occasion. Et puis, je ne me baladais pas, ai-je ajouté. J'étais juste debout.

J'ai allumé une cigarette et je me suis laissé aller en arrière sur la banquette.

— A part ça, quoi de neuf ? a demandé George.

Il s'est mis un cigare entre les lèvres, mais il ne l'a pas allumé.

— Bah, rien, ai-je dit. Et toi, quoi de neuf ?

Il a eu un haussement d'épaules. Ensuite il s'est mis à sourire. Il roulait très vite à présent. Le vent flanquait des baffes à la voiture et il gémissait le long des vitres. Vu comme il fonçait, on aurait cru que George avait peur d'arriver en retard à l'usine. Mais on n'était vraiment pas pressés. On avait tout notre temps, et je lui en ai fait la remarque.

Malgré ça, il a encore accéléré. Arrivé à l'intersection, au lieu de bifurquer, il a continué dans la même direction. On filait droit sur les montagnes. Il a ôté le cigare de sa bouche et l'a fourré dans la poche de sa chemise.

— J'ai emprunté de l'argent et j'ai fait réviser mon moteur, m'a-t-il dit.

Ensuite il m'a dit qu'il allait me faire voir quelque chose. Il a écrasé le champignon, et il a mis toute la gomme. J'ai attaché ma ceinture et j'ai serré les dents.

— Vas-y, fonce ! me suis-je écrié. Allez, George, qu'est-ce que t'attends !

Et là, on a décollé pour de bon. Le vent hurlait le

long des vitres. George avait le pied au plancher, et on allait à tout rompre. On roulait à tombeau ouvert en direction des montagnes, à bord de ce gros bolide dont George n'avait même pas encore réglé toutes les traites.

Le bout des doigts

Un soir que j'étais dans ma chambre, j'ai entendu un bruit dans le couloir. Levant les yeux de mon travail, j'ai vu une enveloppe passer sous la porte. Elle était épaisse (mais pas au point qu'il fût impossible de la glisser sous une porte) et mon nom était inscrit dessus. Elle renfermait une lettre prétendument écrite par ma femme. Je dis « prétendument », car si les griefs qu'elle exprimait ne pouvaient émaner que de quelqu'un qui avait passé vingt-trois ans à m'observer dans mon intimité quotidienne, la violence des accusations ne cadrait pas du tout avec le tempérament de ma femme. Fait plus grave, l'écriture n'était pas la sienne. Mais si cette lettre n'était pas de la main de ma femme, qui avait bien pu me l'écrire ?

Je regrette de n'avoir pas conservé cette lettre ; j'aurais pu la reproduire à la virgule près, sans omettre un seul des impitoyables points d'exclamation dont elle était émaillée ; car elle était aussi cruelle dans sa forme que dans sa teneur. Mais par malheur, je ne l'ai plus. Je l'ai perdue, ou à tout le moins égarée. Peu après la triste affaire que je m'apprête à raconter, j'ai dû la jeter par mégarde en mettant de l'ordre dans mes papiers. Ce qui, au reste, ne me ressemble guère : en temps normal, je ne jette jamais rien.

Par chance, je jouis d'une excellente mémoire. Je retiens mot à mot tout ce que je lis. Ma mémoire est si infaillible que, dans ma jeunesse, je raflais tous les prix grâce à la facilité avec laquelle je retenais les noms et les dates, les inventions, les batailles, les traités, les alliances et tout le bataclan. Aux compositions, j'avais toujours de très bonnes notes quand les questions portaient sur des faits. Plus tard, dans la vie dite « active » ma mémoire m'a été d'un grand secours. Aujourd'hui encore, si l'on me demandait de donner des détails sur le concile de Trente ou le traité d'Utrecht, ou de parler de Carthage, cette ville qui fut rasée par les Romains après la défaite d'Hannibal (les légions romaines ont semé du sel sur les décombres afin d'effacer jusqu'au nom même de Carthage), je le ferais sans peine. Si l'on me priait de faire l'historique de la guerre de Sept Ans, de la guerre de Trente Ans, de la guerre de Cent Ans, ou simplement de la première guerre de Silésie, je me mettrais aussitôt à disserter avec une faconde intarissable. Je connais tout ça sur le bout des doigts. Posez-moi n'importe quelle question sur les Tartares, les papes de la Renaissance, la splendeur et la chute de l'Empire ottoman. Les Thermopyles, la bataille de Shiloh, le fusil Maxim ? Facile. Tannenberg ? Simple comme bonjour : c'est là qu'en 1410 les chevaliers teutoniques furent écrasés par le roi de Pologne Ladislas Jagellon. A Azincourt, les Anglais l'ont emporté haut la main grâce à leurs archers. J'ai une réserve inépuisable d'anecdotes. Par exemple, tenez : tout le monde a entendu parler de la bataille de Lépante, le dernier grand combat naval ayant opposé des vaisseaux actionnés par des galériens. Elle s'est déroulée en 1571 dans la mer Ionienne. A l'issue d'une mêlée furieuse, la flotte chrétienne de la Sainte Ligue mit en déroute les hordes barbaresques commandées par le redoutable pacha Ali Moezzin, un homme qui se plaisait à trancher le nez de ses prisonniers de ses propres mains avant de laisser le bourreau faire son office. Mais qui se souvient que Cervantès a pris part au combat et qu'il y a perdu sa main gauche ? Une autre encore : à la bataille de Borodino, les pertes combinées des Russes et des Français ont été de 75 000 hommes en une seule journée. Pour obtenir un chiffre de victimes équivalent, il faudrait qu'un jumbo-jet plein à craquer s'écrase toutes les trois minutes entre l'heure du petit déjeuner et celle du coucher du soleil. Koutouzov s'est replié sur Moscou. Napoléon en a profité pour souffler un peu. Puis il a passé ses troupes en revue et il a repris sa marche en avant. Il a investi la ville de Moscou et l'a occupée pendant un mois en attendant le retour de Koutouzov. Mais celui-ci ne s'est plus jamais montré. Le généralissime russe savait que la neige et le gel allaient bientôt contraindre Napoléon à entamer sa retraite vers la France.

Les choses se gravent dans ma mémoire. Je retiens tout. Aussi quand j'affirme que je peux reconstituer cette lettre, ou en tout cas la partie que j'en ai lue (qui est une longue suite d'accusations à mon encontre), je suis tout à fait sérieux.

La lettre commençait de la façon suivante :

Mon chéri,

Les choses ne vont pas bien. Et même, elles vont mal. Tout va de mal en pis. Tu sais très bien de quoi je parle. Nous sommes au bout du rouleau. C'est terminé, nous deux. Et pourtant, il m'arrive de regretter que nous n'en ayons pas parlé.

Il y a si longtemps que nous n'avons pas parlé. Je

veux dire vraiment *parlé*. Même après notre mariage, nous avons continué à nous parler, à échanger des informations et des idées. Quand les enfants étaient petits, et même quand ils sont devenus plus grands, nous trouvions encore le temps de nous parler. C'était moins facile qu'avant, bien sûr, mais on se débrouillait, on en trouvait le temps. Au besoin, on se *créait* des plages. On attendait qu'ils soient endormis, ou qu'ils soient allés jouer dehors, ou que la baby-sitter soit arrivée. Mais on s'arrangeait. Quelquefois, on faisait venir une baby-sitter *uniquement* parce qu'on voulait parler. Il nous arrivait de parler des nuits entières. Jusqu'au lever du jour. Eh oui. Oh, je sais bien, ce sont les aléas de l'existence. Tout change. Bill a eu ses ennuis avec la police, Linda est tombée enceinte, et cetera. Nos moments de tranquillité fichaient le camp. Tes responsabilités étaient de plus en plus écrasantes. Ton travail prenait le pas sur tout, et on passait de moins en moins de temps ensemble. Et puis les enfants sont partis. Le temps de nous parler, à nouveau nous l'avions. Nous nous sommes retrouvés en tête à tête, seulement voilà : nous n'avions plus grand-chose à nous dire. « Ce sont des choses qui arrivent », dirait le philosophe. Et il aurait raison : *c'est la vie*. Mais pourquoi a-t-il fallu que ça nous arrive, à nous ? Enfin, je ne veux pas te faire de reproches. Non, *pas de reproches*. Ce n'est pas pour ça que je t'écris. *Je veux te parler de nous*. Je veux parler du *présent*. Car vois-tu, le moment est venu d'admettre que l'*impossible* s'est produit. De crier « *pouce !* ». De jeter l'éponge. De...

C'est là que j'ai interrompu ma lecture. Quelque chose ne collait pas. Il y avait du louche au royaume de Danemark. Les sentiments exprimés par cette lettre étaient peut-être ceux de ma femme. Admettons même qu'ils l'étaient. Disons que ces sentiments étaient *effectivement* les siens. Mais par contre, *ce n'était pas son écriture*. Et là, je parle en connaissance de cause. S'agissant de l'écriture de ma femme, je me considère comme un expert. Mais si ce n'était pas son écriture, qui diable avait bien pu m'écrire ces lignes ?

A ce point, il faut que je parle un peu de nous et de la vie que nous menions. A l'époque dont il est question ici, nous avions loué une maison pour l'été. Je venais juste de me remettre d'une maladie qui m'avait fait prendre du retard sur à peu près tout ce que j'avais espéré accomplir ce printemps-là. La maison était environnée sur trois côtés par des prés, des bois de bouleaux et de petites collines délicatement accidentées. En nous la décrivant au téléphone, l'agent immobilier nous avait parlé d'une « vue imprenable ». La pelouse de devant était devenue franchement hirsute par suite de ma coupable incurie. Une longue allée cailloutée menait jusqu'à la route, de l'autre côté de laquelle on discernait les cimes de lointaines montagnes. C'est sans doute ce qu'il fallait entendre par « vue imprenable » : un panorama qui n'était appréciable que de très loin.

Ici à la campagne, ma femme n'avait pas d'amis, et personne ne venait jamais nous voir. Moi, pour être franc, cette solitude m'enchantait. Mais ma femme était une personne foncièrement sociale, habituée à recevoir du monde et à traiter quotidiennement avec des commerçants et des fournisseurs. Ici nous étions seuls, réduits à nos propres ressources. Jadis, au temps où nous rêvions de posséder une maison de campagne, cette situation nous aurait paru idéale.

Mais aujourd'hui, je vois bien que ce n'était pas une très bonne idée. Non, vraiment pas.

Nos deux enfants nous avaient quittés depuis belle lurette. De loin en loin, nous recevions de l'un ou de l'autre une lettre. Et tous les trente-six du mois, à l'occasion d'une fête quelconque, l'un ou l'autre daignait parfois nous téléphoner. En P.C.V., bien entendu : ma femme n'était que trop heureuse d'accepter. A mon avis, leur apparente indifférence était l'une des causes principales de son vague à l'âme et de l'insatisfaction générale qui la minait, insatisfaction dont j'avais plus ou moins pris conscience, je l'admets, bien avant notre installation à la campagne. En tout cas, il devait lui être pénible, et même *très* pénible, de se retrouver isolée en pleine brousse après avoir vécu tant d'années à proximité d'un centre commercial et d'une ligne d'autobus, avec la possibilité de faire surgir à tout moment un taxi à sa porte rien qu'en formant un numéro sur le téléphone de l'entrée. Je crois que son *déclin*, pour user d'un vocable d'historien, s'est précipité à partir du moment où nous sommes arrivés à la campagne. Je crois que c'est là qu'elle s'est mise à battre la breloque. J'en parle rétrospectivement bien sûr, et dans ces cas-là l'évidence vous saute toujours aux yeux.

Je ne vois pas ce que je pourrais dire de plus en ce qui concerne cette affaire d'écriture. Comment m'avancer plus sur ce terrain glissant sans compromettre ma crédibilité ? Il n'y avait que ma femme et moi dans la maison. A ma connaissance en tout cas, elle n'abritait personne d'autre qui aurait pu rédiger cette lettre. Pourtant, aujourd'hui encore je reste persuadé que l'écriture qui avait noirci ces pages n'était pas celle de ma femme. L'écriture de ma femme, je la connaissais depuis toujours. Je l'avais

connue bien avant que nous fussions mariés, durant
ce que l'on pourrait appeler notre préhistoire. A cette
époque, elle était encore interne dans un collège de
jeunes filles où les élèves portaient un uniforme gris et
blanc. Quand elle était en pension elle m'écrivait
chaque jour, et elle y est restée deux ans, moins les
jours de fête et les vacances d'été. Globalement, en
faisant le compte de nos séparations et des courtes
périodes que j'ai passées en voyages d'affaires, à
l'hôpital et ainsi de suite, j'estimerais (et c'est une
estimation très modérée) avoir reçu d'elle entre mille
sept cents et mille huit cent cinquante lettres manus-
crites pendant le temps qu'a duré notre relation, pour
ne rien dire des centaines, ou des milliers, de petits
mots griffonnés à la hâte (« En rentrant, n'oublie pas
de passer à la blanchisserie et prends des pâtes vertes
chez l'épicier italien »). Je reconnaîtrais son écriture
en n'importe quel point du globe. Et en peu de mots
encore. Je suis certain que si je ramassais un bout de
papier portant l'écriture de ma femme sur le marché
de Haïfa ou dans le souk de Marrakech, je la
reconnaîtrais au premier coup d'œil. Un seul mot
même me suffirait. Par exemple, le mot *parler*. Jamais
ma femme ne l'aurait écrit de cette façon ! Mais si
cette écriture n'est pas la sienne, je ne vois vraiment
pas *à qui* elle pourrait être, je le reconnais volontiers.

Deuxième point : ma femme ne soulignait *jamais* ses
mots pour les accentuer. Non, jamais. Je ne me
souviens pas de l'avoir vue faire cela une seule fois, ni
durant notre vie matrimoniale, ni dans aucune des
lettres que j'ai reçues d'elle avant que nous fussions
mariés. On pourrait me faire remarquer, non sans
raison, que cela peut arriver à tout le monde. Que
n'importe qui pourrait se retrouver dans une situation
assez déroutante pour être poussé à agir, *sous la pression*

des circonstances, d'une manière rigoureusement atypique, comme par exemple tirer un trait, ne serait-ce que *l'ombre* d'un trait, sous un mot, ou même une phrase entière.

J'irais jusqu'à dire que cette lettre prétendument écrite par ma femme, même si je ne l'ai pas lue dans son intégralité (et même s'il n'y a aucune chance que je la lise dans son intégralité un jour, puisque je l'ai perdue), était fausse de bout en bout. Je ne veux pas dire par là que rien de ce qu'elle disait n'était vrai. Les accusations qu'elle contenait étaient peut-être en partie fondées. Je ne vais pas chipoter là-dessus. Je ne veux pas paraître mesquin ; sur ce chapitre, je ne fais déjà pas trop bonne figure, inutile d'en rajouter. Non. Tout ce que je veux dire, et rien de plus, c'est que même si les sentiments qu'exprime cette lettre sont ceux de ma femme, même s'ils comportent une part de vérité, même s'ils sont, en quelque sorte, légitimes, le fait qu'elle soit apocryphe diminue considérablement la portée de ses accusations, et même les frappe de discrédit. Ou, si elle l'a écrite elle-même, ses accusations sont discréditées par le fait qu'elle a usé d'une écriture qui ne lui est pas naturelle ! Ce sont les équivoques de ce genre qui donnent envie de connaître les faits. Et des faits, comme toujours, il y en a eu.

Ce soir-là nous avions dîné, selon notre habitude, dans un relatif silence, mais toutefois sans déplaisir. De loin en loin, je levais le nez de mon assiette et j'adressais un sourire à ma femme assise en face de moi pour lui témoigner la gratitude que m'inspirait l'excellence des mets (darne de saumon pochée, asperges fraîches et pilaf aux amandes). Dans la pièce voisine, la radio jouait en sourdine une petite suite de Poulenc que j'avais déjà entendue cinq ans plus tôt, à San Francisco (c'était dans un appartement de Van Ness Avenue, pendant un violent orage, et le disque était à enregistrement numérique).

Le repas une fois achevé, alors que nous en étions au dessert et au café, ma femme a dit quelque chose qui m'a interloqué.

— Est-ce que tu comptes passer la soirée dans ta chambre ? m'a-t-elle demandé.

— Évidemment, ai-je répondu. Où pensais-tu que je pourrais aller ?

— Je voulais m'en assurer, c'est tout.

Elle a porté sa tasse à ses lèvres et elle a bu une gorgée de café. J'ai essayé de capter son regard, mais il était trop fuyant.

Est-ce que tu comptes passer la soirée dans ta chambre ? Cette question lui ressemblait si peu que je me demande aujourd'hui pourquoi je n'ai pas essayé de lui tirer les vers du nez sur-le-champ. Si quelqu'un au monde connaît mes habitudes, c'est bien elle. Mais je crois qu'à ce moment-là sa décision était déjà prise. Et que ses paroles n'étaient qu'un rideau de fumée.

— Évidemment que je serai dans ma chambre ce soir, ai-je répété, avec sans doute un soupçon d'agacement.

Elle n'a rien ajouté, et moi non plus. J'ai bu ce qui restait de mon café et je me suis raclé la gorge.

Elle a relevé les yeux, et son regard a brièvement croisé le mien. Elle a eu une légère inclination de la tête, comme si nous venions de tomber d'accord sur quelque chose (ce qui n'était nullement le cas, bien entendu). Puis elle s'est levée et elle a entrepris de débarrasser la table.

J'avais le sentiment que le dîner s'était pour ainsi

dire achevé en queue de poisson. Il fallait quelque
chose de plus, quelques mots peut-être, pour arrondir
les angles et redresser la situation.

— Il y a du brouillard, ai-je dit.

— Ah bon? Je n'avais pas remarqué, a-t-elle
répondu.

Elle a essuyé un coin de vitre au-dessus de l'évier à
l'aide d'un torchon afin de regarder dehors. Elle est
restée silencieuse un moment, puis elle a dit quelque
chose qui aujourd'hui me paraît bien sibyllin :

— En effet, a-t-elle dit. C'est vrai qu'il y a du
brouillard. Et il est très dense, n'est-ce pas?

Elle n'a rien dit d'autre. Elle a simplement baissé la
tête et elle s'est mise à laver la vaisselle.

Moi, j'étais toujours assis à table. Au bout d'un
moment, j'ai déclaré :

— Bon, eh bien je vais aller dans ma chambre à
présent.

Elle a retiré ses mains de l'eau et les a appuyées sur
la paillasse de l'évier. Je croyais qu'elle allait me
souhaiter bon courage pour mon travail, mais non.
Elle n'a pas proféré le moindre son. On aurait dit
qu'elle avait hâte que je m'en aille de la cuisine, afin
d'être un peu en paix avec ses pensées.

Revenons au moment où l'on a glissé cette lettre
sous ma porte, alors que j'étais dans ma chambre, en
train de travailler. J'en ai lu juste ce qu'il fallait pour
avoir des doutes sur l'authenticité de l'écriture et pour
me demander comment ma femme avait pu faire pour
m'écrire une lettre tout en vaquant à ses occupations
habituelles dans la maison. Avant de poursuivre ma
lecture, je me suis levé, je suis allé à la porte, j'ai tiré le
verrou et j'ai inspecté le couloir.

Cette partie de la maison était plongée dans le noir.
Mais en passant prudemment le nez dehors, j'ai

aperçu la lumière du living à l'autre bout du couloir. La radio jouait en sourdine, comme d'habitude. Pourquoi étais-je si indécis? La soirée ne différait guère de toutes les autres soirées que nous avions passées dans la maison, à ceci près qu'il y avait du brouillard. Mais *quelque chose se tramait,* j'en avais l'intuition. Et dans l'instant où je me disais cela, la peur m'a pris. Oui, croyez-le ou non, j'avais peur dans ma propre maison. Je n'osais pas aller jusqu'au bout du couloir pour m'assurer que tout était normal. Si quelque chose ne tournait pas rond, si ma femme éprouvait — comment dirais-je? — des difficultés d'une sorte ou d'une autre, il aurait tout de même mieux valu que je prenne la situation en main avant qu'elle ne dégénère encore plus, avant de perdre plus de temps à déchiffrer bêtement ses mots écrits par une autre main que la sienne.

Mais je n'ai pas poussé mes investigations plus loin. Est-ce que je redoutais un affrontement? Sans doute. Quoi qu'il en soit, je suis rentré dans ma chambre, j'ai repoussé le verrou et repris place à ma table. Mais à présent, j'étais furieux. Je voyais bien que cette histoire absurde et incompréhensible allait me gâcher ma soirée. Je commençais à éprouver une sourde *angoisse* (c'est le seul mot qui convient). La gorge serrée, le cœur au bord des lèvres, j'ai ramassé la lettre prétendument écrite par ma femme et j'ai repris ma lecture.

Pour nous — nous : toi et moi — le moment était venu de jouer cartes sur table, mais nous l'avons laissé passer. Toi et moi. *Nous deux.* Tristan et Yseult. Abélard et Héloïse. Troïlus et Cressida. Pyrame et Thisbé. Joyce et Nora Barnacle, etc. Tu sais de quoi je parle, chéri. Nous sommes ensemble depuis bien longtemps. Vaches grasses et vaches maigres, santé et maladie, maux de ventre et maux de tête, jours de pluie et jours de fête, les heurs et les malheurs. Et maintenant ? Maintenant, je ne vois pas ce que je pourrais te dire à part la vérité : je n'en peux plus.

Là, j'ai eu un mouvement d'humeur. J'ai jeté la lettre et j'ai de nouveau mis le cap sur la porte. J'étais décidé à tirer ça au clair une fois pour toutes. Je voulais des explications, et tout de suite encore. J'étais *fou de rage,* je crois. Mais à l'instant précis où j'ouvrais la porte, j'ai perçu un murmure de voix dans le living. On aurait dit quelqu'un qui parlait au téléphone en se donnant beaucoup de mal pour ne pas être entendu. Ensuite, j'ai entendu le déclic du combiné qu'on reposait sur sa fourche. Rien d'autre. Après, tout est redevenu *normal :* hormis le son de la radio qui jouait en sourdine, la maison était parfaitement silencieuse. Mais cette voix, je l'avais entendue.

Au lieu de me mettre en colère, j'ai été pris d'une espèce de panique. La peur au ventre, j'ai dirigé mon regard vers l'extrémité du couloir. Rien n'avait changé depuis tout à l'heure. La lumière était allumée, et la radio jouait en sourdine. J'ai avancé de quelques pas, l'oreille dressée. J'espérais entendre le cliquetis régulier, rassurant, des aiguilles à tricoter de ma femme, ou le bruit d'une page que l'on tourne, mais rien de semblable ne me parvenait. J'ai fait quelques pas de plus en direction du living, et là — comment dire ? — j'ai brusquement perdu tout courage, ou alors toute curiosité. C'est juste à ce moment-là que j'ai perçu l'*imperceptible grincement* d'une poignée que l'on tournait, puis le son, reconnaissable entre mille, d'une porte qui s'ouvrait et se refermait tout doucement.

Mon premier mouvement a été de me précipiter dans le living pour débrouiller ce mystère une bonne fois. Mais en cédant à une impulsion je risquais de me discréditer. D'ailleurs je n'ai jamais été un impulsif. J'ai attendu. Il se passait quelque chose d'insolite dans la maison, pas de doute. Quelque chose se tramait, j'en étais sûr, et naturellement, il était de mon devoir d'agir pour préserver ma tranquillité d'esprit, voire le cas échéant le bien-être et la sécurité de ma femme. Et pourtant, je n'ai pas bougé. Je n'osais pas. Le moment d'agir était venu, mais j'hésitais. Et tout à coup, il a été trop tard. J'avais laissé passer l'occasion, et il n'y avait pas moyen de la faire revenir. Darius a été pris de doutes semblables à la bataille du Granique, et son indécision lui a coûté cher. Alexandre l'a assailli de tous côtés et lui a flanqué une pile magistrale.

Je suis retourné dans ma chambre et j'ai refermé la porte. Mon cœur battait à tout rompre. Je me suis affalé sur ma chaise et, d'une main tremblante, j'ai rassemblé les pages de la lettre.

Et là, bizarrement, au lieu de lire la lettre de bout en bout, en commençant par le début, ou de la reprendre à l'endroit où j'avais cessé ma lecture quelques minutes auparavant, j'ai pris des pages au hasard et je les ai levées une à une vers la lumière, en picorant une phrase par-ci, un mot par-là. En procédant ainsi, j'ai juxtaposé les accusations proférées contre moi jusqu'à ce que le réquisitoire d'ensemble (car c'est bien d'un réquisitoire qu'il s'agissait) prenne une configuration toute différente. Et plus acceptable, puisqu'en perdant sa chronologie il perdait une bonne partie de son mordant.

Bon. Voilà : en sautant de page en page et en piquant une bribe par-ci, une bribe par-là, j'ai fabriqué le texte suivant (qui pourrait du reste faire office de condensé) :

... se retirer de plus en plus au fond de... cela paraît bien anodin, mais... du talc répandu sur toute la salle de bains, y compris les murs et les plinthes... une noix creuse... voire à l'hôpital psychiatrique... tant et si bien que... faire la part du feu... au cimetière... Ton « travail »... Je t'en prie ! Epargne-moi ça... Personne, pas même... Je ne veux plus en entendre parler... Les enfants... mais le fond du problème... pour ne rien dire de la solitude... Bon Dieu, quoi ! Non, tout de même...

C'est là que j'ai distinctement entendu la porte d'entrée se refermer. J'ai jeté la lettre sur le bureau et je me suis rué dans le living. Ma femme n'était plus dans la maison, j'ai eu vite fait de m'en assurer (la maison n'était pas grande : un séjour et deux chambres, dont celle que nous appelions tantôt « ma chambre », tantôt « mon bureau »). Toutefois, notez-le bien, *toutes les lumières étaient allumées.*

De l'autre côté des fenêtres, un épais brouillard masquait presque entièrement l'allée. La lanterne du porche était allumée, et une valise était posée sur le perron. C'était la valise de ma femme. La valise dans laquelle elle avait amené ses affaires quand nous étions venus nous installer dans cette maison. Mais qu'est-ce qui se passait, bon Dieu ? J'ai ouvert la porte et soudain (je suis bien forcé de le raconter comme c'est arrivé) un cheval a surgi du brouillard. Tandis que je le regardais avec de grands yeux, un deuxième cheval a fait son apparition. Ces chevaux étaient en train de paître sur notre pelouse. J'ai aperçu la silhouette de ma femme debout à côté de l'un des chevaux, et je l'ai hélée.

— Viens par ici! m'a-t-elle dit. Tu as vu ça? C'est plus fort que tout, tu ne trouves pas?

Debout à côté de cette énorme bête, elle lui flattait le flanc du plat de la main. Elle avait mis sa plus belle robe, des talons aiguilles et un chapeau (la dernière fois que je l'avais vue avec un chapeau sur la tête, c'était à l'enterrement de sa mère, trois ans plus tôt). Elle a fait un pas en avant et elle a posé sa joue contre la crinière du cheval.

— D'où sors-tu, mon grand? lui a-t-elle demandé. Hein, d'où viens-tu, mon chéri joli?

Et là-dessus, elle s'est mise à lui pleurer dans la crinière.

— Enfin, voyons..., ai-je dit en descendant les marches du perron.

Je me suis approché, j'ai tapoté la croupe du cheval, puis j'ai effleuré l'épaule de ma femme. Elle s'est dérobée. Le cheval s'est ébroué, il a levé la tête brièvement, puis il s'est remis à brouter la pelouse.

— Qu'est-ce que tu as? ai-je demandé à ma femme. Mais qu'est-ce qui se passe ici, nom d'un chien?

Elle ne m'a pas répondu. Le cheval s'est éloigné de quelques pas tout en continuant d'arracher des touffes d'herbe. L'autre cheval broutait aussi. Ma femme, étant accrochée à la crinière, a suivi le mouvement. J'ai posé la main sur l'encolure du cheval, et j'ai senti une décharge électrique me remonter jusqu'à l'épaule.

Ma femme pleurait toujours. J'étais désemparé. Et
aussi, j'avais peur.

— Veux-tu m'expliquer ce qui se passe? ai-je dit.
Pourquoi es-tu dans cette tenue? Que fait ta valise sur
le perron? D'où viennent ces chevaux? Pour l'amour
du ciel, vas-tu m'expliquer!

Ma femme s'est mise à fredonner un air. Elle
chantait une chanson au cheval! Puis elle s'est
interrompue et elle m'a dit :

— Tu n'as pas lu ma lettre, n'est-ce pas? Tu l'as
peut-être parcourue, mais tu ne l'as pas lue. Avoue-le!

— Si, je l'ai lue, ai-je répondu.

C'était un mensonge, mais il était bien anodin. Ce
n'était qu'une petite entorse à la vérité. On ne va
quand même pas me jeter la pierre pour une pecca-
dille pareille.

— Mais explique-moi quand même ce qui se passe,
ai-je ajouté.

Ma femme a détourné la tête et elle a enfoui son
visage dans la crinière noire et humide de ce cheval.
Le cheval mastiquait bruyamment. Puis il a aspiré de
l'air par les naseaux, en produisant un ronflement
sonore.

Ma femme m'a dit :

— Un jour, tu vois, il y avait une jeune fille. Tu
m'écoutes? Cette jeune fille s'est éprise d'un garçon.
Elle l'aimait plus que tout au monde. Mais le
garçon... eh bien, il a vieilli. Je ne sais pas ce qui lui
est arrivé, mais en tout cas il a changé. A son insu, il
est devenu cruel, et puis...

Je n'ai pas saisi la fin de sa phrase, car à cet instant
précis une auto a surgi du brouillard. Elle remontait
l'allée dans notre direction. Ses phares étaient allumés, et une lumière bleue clignotait sur son toit.
Aussitôt après, un pick-up est apparu dans son sillage.

Le pick-up remorquait quelque chose qui avait l'air
d'une bétaillère. Dans ce brouillard, c'était difficile à
dire. Ça aurait pu être n'importe quoi. Un four
portatif géant, par exemple. La voiture s'est garée au
bord de la pelouse et le pick-up est venu se ranger à
côté d'elle. Ils n'ont coupé ni leurs moteurs ni leurs
lumières, et cela ne faisait qu'accuser le côté fantas-
magorique de la scène. Un homme coiffé d'un chapeau de cow-boy a sauté de la cabine du pick-up. Il
avait l'air d'un éleveur. Il a relevé le col de sa veste en
mouton retourné et il a sifflé pour appeler les chevaux.
Ensuite la portière de la voiture s'est ouverte et un
colosse en imperméable en est descendu. Il était
beaucoup plus grand que l'éleveur, et il était également coiffé d'un chapeau de cow-boy. Son imperméable n'était pas boutonné, et j'ai vu qu'il portait un
revolver à la ceinture. J'en ai déduit que ça devait être
un policier du bureau du shérif. En dépit de tout ce
qui se passait, et de l'angoisse qui m'étreignait, le fait
que ces deux individus portaient des chapeaux m'a
paru digne d'être noté. Je me suis passé une main
dans les cheveux, en regrettant de ne pas avoir de
chapeau moi-même.

— Tout à l'heure, après avoir aperçu les chevaux,
j'ai téléphoné au bureau du shérif, m'a expliqué ma
femme.

Elle a marqué un temps avant d'ajouter :

— Eh bien comme ça, tu n'auras pas besoin de me
conduire en ville. Je t'en parlais dans ma lettre. Tu
l'as lue, non ? Je te disais que j'aurais besoin que tu
m'emmènes à la ville en voiture. Un de ces messieurs
pourra s'en charger, enfin je suppose. Je n'ai pas
changé d'avis, tu sais. Ma décision est irrévocable,
sache-le. Regarde-moi ! m'a-t-elle dit.

Les deux hommes avaient rabattu les chevaux vers

la bétaillère, et je suivais leur manège du regard. L'éleveur faisait gravir une petite rampe amovible à l'un des chevaux pour le faire monter à bord du fourgon, et le policier l'éclairait avec sa torche. Je me suis retourné vers cette femme que je ne reconnaissais plus.

— Je te quitte, m'a-t-elle dit. Voilà ce qui se passe. Je dormirai en ville cette nuit. Je vais refaire ma vie. Tout cela était dans la lettre que tu as lue.

Ainsi que je l'ai déjà fait remarquer plus haut, ma femme ne soulignait jamais ses mots dans ses lettres, mais maintenant (ayant séché ses larmes) elle parlait comme si la moitié des mots qui lui sortaient de la bouche avaient été en italique. Je me suis entendu lui répondre :

— Mais, qu'est-ce qui te *prend ? Pourquoi* est-ce que tu me fais ça ?

Apparemment, je ne pouvais pas m'empêcher non plus d'accentuer certains mots.

Elle a secoué la tête. A présent, l'éleveur faisait monter le deuxième cheval à bord du fourgon. Il poussait des sifflements stridents, frappait dans ses mains, et lâchait parfois une bordée d'exclamations du genre :

— Hooo ! Hooo, tu m'entends ! Allez, recule maintenant ! Recule, je te dis !

Le policier s'est avancé vers nous. Il avait une planchette à pince sous le bras, et tenait une grosse torche dans la main droite.

— Qui est-ce qui nous a appelés ? a-t-il demandé.

— C'est moi, a répondu ma femme.

Il l'a examinée sous toutes les coutures, en dirigeant successivement le faisceau de sa torche sur ses chaussures et son chapeau.

— Vous êtes rudement bien fringuée, a-t-il dit.

— Je quitte mon mari, a dit ma femme.

Le policier a hoché la tête comme s'il comprenait.
(Mais il ne comprenait pas ! Comment aurait-il pu ?)

— Il ne va pas vous faire d'histoires, au moins ? a-
t-il demandé en me braquant sa torche sur le visage et
en l'agitant rapidement de bas en haut. Hein, vous
n'allez pas lui faire d'histoires ?

— Moi ? Non, ai-je dit. Mais je trouve inadmissible
que...

— Très bien, a-t-il coupé. Dans ce cas, n'en
parlons plus.

L'éleveur a repassé la porte de la bétaillère et il a
mis la barre de fermeture en place. Ensuite il est venu
vers nous à travers l'herbe mouillée. J'ai remarqué
que le gazon était aussi haut que ses courtes bottes.

— Merci d'avoir téléphoné, messieurs-dames,
a-t-il dit. Je vous dois une fière chandelle. Avec cette
brouillasse, s'ils s'étaient égarés du côté de la route, ça
aurait pu faire du vilain.

— C'est cette dame qui a téléphoné, a dit le
policier. Elle a besoin qu'on la conduise en ville,
Frank. Elle quitte son mari. Je ne sais pas de quel côté
sont les torts, mais en tout cas c'est elle qui s'en va.

Il s'est tourné vers ma femme.

— C'est ce que vous voulez, vous en êtes bien sûre ?
lui a-t-il demandé.

Ma femme a hoché affirmativement la tête.

— Certaine, a-t-elle dit.

— Bon, a dit le policier. Eh bien, tout est réglé
alors. Oh Frank, tu m'écoutes ? Moi, je peux pas
l'emmener, j'ai encore une visite à faire. Alors tu veux
bien lui rendre ce service ? Elle va probablement
vouloir que tu la déposes à la gare routière, ou à
l'hôtel. C'est toujours là qu'elles vont dans ces cas-là.

C'est là que vous voulez aller ? a-t-il ajouté à l'intention de ma femme. Il faut bien que Frank le sache.

— Il n'aura qu'à me laisser à la gare routière, a-t-elle dit. Ma valise est sur le perron.

— Alors, Frank, c'est bon pour toi ? a demandé le policier.

— Ça, je peux l'emmener, pour sûr, a dit Frank en ôtant son chapeau et en le remettant aussitôt sur sa tête. Ça sera avec plaisir. Mais je ne veux pas être embringué dans des histoires, moi.

— Vous ne serez embringué dans rien, a dit ma femme. Je ne veux pas vous causer d'embêtements, mais je suis... Je suis en détresse, voilà. Oui, en détresse. Mais j'irai mieux dès que je serai partie d'ici. Dès que j'aurai quitté cet horrible endroit. Laissez-moi juste le temps de m'assurer que je n'oublie rien. Rien d'*important*, a-t-elle ajouté.

Ensuite elle a hésité et elle a dit :

— Ce n'est pas aussi soudain que ça en a l'air. Ça couvait déjà depuis un bon moment. Voilà bien longtemps que nous sommes mariés. Nous avons eu notre lot de malheurs et de joies. Nos hauts et nos bas. Nous en avons vu de toutes les couleurs. Mais il est temps que je retrouve ma liberté. Plus que temps. Vous me suivez, messieurs ?

A nouveau, Frank a ôté son chapeau et il l'a fait tourner entre ses doigts comme pour en inspecter la bordure. Puis il l'a remis sur sa tête.

Le policier a dit :

— Ce sont des choses qui arrivent. Personne n'est parfait. Les anges, on n'en trouve qu'au Paradis.

Ma femme s'est dirigée vers la maison en posant délicatement la pointe de ses talons hauts sur le gazon mouillé. Elle a poussé la porte et elle est entrée. En la voyant aller et venir de l'autre côté des fenêtres

éclairées, j'ai eu le pressentiment que *je ne la reverrais
sans doute plus jamais*. Oui, cette idée m'a traversé
l'esprit, et elle m'a fait l'effet d'un coup de massue.

Frank, le policier et moi, on est restés là debout,
muets, à attendre. Un brouillard humide et lourd
dérivait lentement entre nous et les phares des deux
véhicules. Les chevaux s'agitaient dans leur fourgon,
produisant des bruits étouffés. Nous étions tous un
peu mal à l'aise, je crois. Mais bien entendu je ne peux
parler que pour mon propre compte. J'ignore ce qu'ils
éprouvaient. Peut-être que des scènes semblables, ils
en voyaient tous les soirs. Des vies saccagées, des
séparations déchirantes. Oui, le policier devait être
blasé. Mais Frank, l'éleveur, gardait obstinément les
yeux baissés. Il a enfoncé les mains dans la poche de
sa veste, puis il les a ressorties et il s'est mis à
fourrager dans l'herbe de la pointe de sa botte. J'ai
croisé les bras et je suis resté là, raide comme un
piquet, incertain de ce qui allait suivre. Le policier
faisait machinalement clignoter sa torche. De temps
en temps, il faisait des moulinets avec pour chasser le
brouillard. Un cheval a henni dans la bétaillère, et le
second a henni à son tour.

— On n'y voit goutte avec ce brouillard, a fait
Frank.

Il essayait de meubler le silence.

— Oui, c'est une sacrée purée de pois, a dit le
policier.

Ensuite, ses yeux se sont posés sur moi. Cette fois, il
ne m'a pas braqué sa torche sur la figure. Il s'est
contenté de me parler.

— Pourquoi est-ce que votre femme vous quitte ?
m'a-t-il demandé. Vous l'avez cognée ? Vous lui avez
collé un pain, c'est ça ?

— Je ne l'ai jamais frappée, ai-je dit. Pas une seule

fois, depuis tout le temps que nous sommes mariés. Quelquefois il y aurait eu de quoi, mais je ne l'ai jamais fait. Par contre, elle m'a giflé un jour, ai-je ajouté.

— Ah non, commencez pas, hein! s'est-il écrié. Vous allez pas nous en chier une pendule! Taisez-vous, et tout se passera bien. Je ne veux pas de suif, moi. Alors, ne vous montez pas le bourrichon. Vous n'allez pas faire d'histoires, c'est vu?

Ils m'observaient tous les deux. Je voyais bien que Frank était gêné. Il a sorti un sachet de tabac, et il s'est mis en devoir de se rouler une cigarette.

— Non, ai-je dit. Il n'y aura pas d'histoires.

Ma femme est ressortie de la maison et elle a empoigné sa valise. Il m'a semblé que, non content de se livrer à une dernière inspection, elle avait mis l'occasion à profit pour se refaire une beauté, retoucher son rouge à lèvres, etc. Le policier l'a aidée à descendre l'escalier en l'éclairant de sa torche.

— Par ici, ma petite dame, lui a-t-il dit. Faites bien attention où vous mettez vos pieds, c'est glissant.

— Je suis prête, nous pouvons y aller, a-t-elle dit.

— D'accord, a dit Frank. Mais je veux que tout soit bien clair.

Une fois de plus, il a ôté son chapeau et il l'a gardé à la main tout en parlant.

— Je veux bien vous emmener en ville et vous déposer à la gare routière, mais je ne veux pas me retrouver pris entre deux feux, vous saisissez?

Il nous a regardés alternativement, ma femme et moi.

— T'as raison, a dit le policier. Bien parlé. Les statistiques le montrent bien : le conflit conjugal est potentiellement la situation la plus dangereuse pour un représentant de l'ordre. Mais je crois que ce soir, ça va être l'exception qui confirme la règle. Pas vrai, messieurs-dames ?

Ma femme m'a regardé et elle a dit :

— Je ne vais pas t'embrasser, je crois. Non, pas de baiser d'adieu. Je vais juste te dire au revoir. Prends bien soin de toi.

J'ai eu le sentiment qu'ils attendaient tous que je dise quelque chose. Mais pour la première fois de ma vie, les mots me manquaient. A la fin, j'ai pris mon courage à deux mains et j'ai dit à ma femme :

— La dernière fois que tu as porté ce chapeau, il était voilé de noir et je te tenais le bras. Tu étais en deuil de ta mère. Ta robe était plus sombre que celle que tu portes ce soir. Mais tu avais les mêmes chaussures, je m'en souviens. Ne m'abandonne pas, ai-je conclu. Qu'est-ce que je vais devenir ?

— Je ne peux pas faire autrement, a-t-elle dit. Dans ma lettre, je t'ai tout expliqué en grand détail. Le reste relève de... je ne sais pas. Du mystère, ou de la pure conjecture, j'imagine. De toute façon, ma lettre ne contient rien que tu ne saches déjà.

Là-dessus, elle s'est tournée vers Frank et elle lui a dit :

— Allons-y, Frank. Ça ne vous ennuie pas que je vous appelle Frank, n'est-ce pas ?

— Appelez-le comme vous voulez, du moment que vous l'appelez à l'heure pour le dîner, a dit le policier, et il a éclaté d'un gros rire.

— Oh non, a dit Frank. Bien sûr que ça m'ennuie pas. Bon eh bien, allons-y alors.

Il a pris la valise à ma femme, s'est approché du pick-up et l'a hissée sur la plate-forme. Ensuite, il lui a ouvert la portière côté passager.

— Je t'écrirai dès que je me serai installée quelque

part, m'a dit ma femme. Enfin, je pense. Ne mettons
pas la charrue avant les bœufs. On verra bien.

— Vous avez raison, a dit le policier. Il ne faut pas
couper les ponts. Bonne chance, mon petit vieux, a-t-il
ajouté à mon intention.

Ensuite il s'est dirigé vers sa voiture et il est monté à
bord.

Le pick-up a décrit un lent et laborieux demi-cercle
à travers la pelouse avec son encombrante remorque.
L'un des chevaux a henni bruyamment. J'ai eu une
ultime vision de ma femme quand la lueur d'une
allumette a éclairé la cabine du pick-up. Elle se
penchait, une cigarette aux lèvres, vers Frank qui lui
donnait du feu. Elle avait placé ses deux mains en
coupe autour de la main qui tenait l'allumette. Le
policier a attendu que le pick-up et la remorque l'aient
dépassé, puis il a fait un rapide demi-tour en patinant
sur la pelouse mouillée. Il a repris pied sur l'allée en
soulevant des gerbes de cailloux sous ses pneus. Puis il
s'est dirigé vers la route, en m'adressant un petit coup
de klaxon. *Pouët-pouët.* Les historiens devraient user
plus souvent de ce genre d'onomatopées. *Pouët-pouët.*
Tut-tut. Bip-bip. Surtout dans des moments graves :
juste après un massacre, ou quand un terrible fléau
menace d'anéantir une nation entière. C'est à de
pareils moments qu'un mot comme *pouët-pouët* serait
utile, et même salutaire.

C'est tandis que j'étais debout dans le brouillard,
en train de regarder ma femme disparaître, que je me
suis souvenu d'une vieille photo en noir et blanc qui la
montrait tenant son bouquet de mariée. Elle avait dix-
huit ans (*Mais ce n'est qu'une enfant !* m'avait hurlé sa

mère un mois avant que je l'épouse). Quelques minutes avant la photo, elle s'était mariée. Elle sourit. Elle vient de s'arrêter de rire, ou alors elle est sur le point de s'esclaffer. Quoi qu'il en soit, elle fixe l'objectif la bouche entrouverte, avec un air de bonheur stupéfait. Elle est enceinte de trois mois, mais ça ne se voit pas sur la photo, bien sûr. Bon, elle était enceinte, et alors ? A l'époque, qui ne l'était pas ? Et en tout cas, elle est heureuse, ça se voit. Moi aussi, j'étais heureux. Mon bonheur était aussi grand que le sien. Je ne figure pas sur cette photo, mais je n'étais pas loin. J'étais à quelques pas de là, en train de serrer des mains. Ma femme savait le latin et l'allemand, elle connaissait la physique et la chimie, l'histoire et le théâtre de Shakespeare, et tout ce qu'on vous enseigne dans les pensionnats pour jeunes filles. Elle savait tenir une tasse de thé comme il faut. Elle faisait bien la cuisine. Et l'amour. Ma femme était une épouse en or.

Cette photographie, je l'ai retrouvée, parmi d'autres, quelques jours après l'incident des chevaux, alors que je triais les affaires de ma femme, en tâchant de décider ce que je devais conserver et ce que je pouvais mettre au panier. J'étais en train de quitter la maison. J'ai regardé la photo pendant quelques instants, et puis je l'ai jetée. J'étais sans pitié. Je me disais que ça m'était égal. Pourquoi est-ce que ça m'aurait fait quelque chose ?

Si je connais un tant soit peu la nature humaine — et les connaissances, ce n'est pas ce qui me manque le plus —, je sais qu'elle ne supportera pas de vivre sans moi. Oui, elle me reviendra. Bientôt. Oh mon Dieu, faites que ce soit bientôt.

Mais non, je n'y comprends rien. Jamais je n'ai rien compris à rien. Elle est partie pour de bon. Je le sais. Je le sens. Partie sans espoir de retour. Point final. A tout jamais. Je ne la reverrai plus, à moins qu'un jour on ne se croise par hasard dans la rue, quelque part.

Le problème de l'écriture n'est toujours pas réglé. L'énigme reste entière. Mais ce n'est pas le plus important, bien sûr. La lettre a eu de telles conséquences que tout cela passe à l'arrière-plan. Pas la lettre elle-même, mais les choses qu'elle contenait, ces choses que je ne puis oublier. Non, la lettre n'est pas l'essentiel, et tout cela va beaucoup plus loin que la question de savoir si elle était apocryphe ou non. Ce « beaucoup plus loin » recouvre des intuitions très subtiles. Par exemple, on pourrait dire qu'en épousant une femme on se dote d'une histoire. Et s'il en est ainsi, j'en déduis que désormais je suis en dehors de l'histoire, relégué au rang de l'anecdote, avec les chevaux et le brouillard. On pourrait dire aussi que c'est mon histoire qui m'a quitté. Que je vais devoir continuer à vivre *sans histoire,* ou que l'histoire va devoir se passer de moi désormais, à moins que ma femme ne m'écrive souvent, ou qu'elle ne parle de tout cela à une amie qui tient un journal. Ensuite, dans bien des années, quelqu'un pourra revenir sur cette période, l'interpréter à partir des données écrites, bribes éparses et longs développements, en s'efforçant de lire entre les lignes. C'est là qu'une idée germe en moi : celle que l'autobiographie est l'histoire du pauvre. Et que c'est à l'histoire que je dis adieu. Adieu, ma bien-aimée.

Les trois roses jaunes

Tchekhov. Dans la soirée du 22 mars 1897, il sortit dîner à Moscou avec son ami et confident Alexeï Souvorine. Éditeur et patron de presse multimillionnaire, Souvorine était un réactionnaire et un self-made man dont le père avait combattu à Borodino comme simple soldat. Comme Tchekhov, il était petit-fils de serf. Ils avaient l'un et l'autre du sang de moujik dans les veines. C'était leur unique point commun. Hormis cela, ils étaient aux antipodes l'un de l'autre du point de vue du tempérament aussi bien que du point de vue politique. Néanmoins, Souvorine comptait parmi les rares intimes de Tchekhov, et ce dernier appréciait sa compagnie.

Bien entendu, ils se rendirent dans le meilleur restaurant de la ville, un ancien hôtel particulier qui s'appelait l'Ermitage, l'un de ces endroits où il fallait plusieurs heures, parfois même la moitié de la nuit, pour venir à bout d'un plantureux repas, arrosé de plusieurs vins, comme il se doit, avec café et pousse-café. Tchekhov était tiré à quatre épingles, comme toujours : costume sombre, gilet, son éternel pince-nez. Ce soir-là, il avait sensiblement la même physionomie que sur les photographies que l'on a prises de lui à l'époque. Il était gai, détendu. Il échangea une

poignée de main avec le maître d'hôtel et embrassa du
regard la vaste salle à manger éclairée à giorno par
des lustres tarabiscotés. Des serveurs aux allures
affairées allaient et venaient entre les tables où se
pressait une clientèle élégante. Tchekhov venait à
peine de s'asseoir en face de Souvorine que tout à
coup, sans crier gare, un flot de sang lui jaillit de la
bouche. Souvorine et deux serveurs l'accompagnèrent
aux toilettes et ils firent de leur mieux pour stopper
l'hémorragie à l'aide d'applications de glace. Souvorine fit transporter Tchekhov à son propre hôtel et lui
fit préparer un lit dans l'une des chambres de sa suite.
Plus tard, comme les hémorragies se renouvelaient,
Tchekhov consentit à se laisser conduire dans une
clinique spécialisée dans le traitement de la tuberculose et de ses complications respiratoires. Quand
Souvorine vint lui rendre visite à la clinique, il se
déclara confus du « scandale » qu'il avait causé trois
soirs plus tôt au restaurant, mais tout en persistant à
nier la gravité de son état. « Il riait et plaisantait
comme d'habitude, nota Souvorine dans son *Journal
intime,* tout en crachant du sang dans une bassine. »

La sœur cadette de Tchekhov, Maria, vint le voir à
la clinique dans les derniers jours de mars. Il faisait
un temps de chien ; une trombe de neige fondue
s'abattait sur Moscou, et des congères obstruaient les
rues. Maria eut toutes les peines du monde à trouver
un fiacre, et quand elle arriva à la clinique, une
obscure angoisse lui serrait le cœur.

« Anton Pavlovitch était allongé sur le dos, écrivit-
elle dans ses *Souvenirs.* Il n'avait pas la permission de
parler. Après lui avoir dit bonjour, je me dirigeai vers
la table pour cacher mes émotions. » Et là, parmi les
bouteilles de champagne, les pots de caviar et les
fleurs que des amis soucieux de sa santé avaient fait

porter à son frère, elle vit quelque chose qui lui fit très peur : c'était un schéma des poumons de Tchekhov, qui de toute évidence était l'œuvre d'un spécialiste. C'était le genre de croquis qu'un médecin peut exécuter pour expliquer à un patient de quoi il souffre. Les poumons avaient été dessinés au crayon bleu, mais les parties supérieures étaient hachurées en rouge. « Je compris que ces parties étaient déjà malades », écrivit Maria.

Tchekhov reçut aussi la visite de Léon Tolstoï. Les médecins et les infirmières furent si impressionnés de se retrouver en face du plus grand écrivain de leur pays — n'était-il pas l'homme le plus célèbre de toute la Russie ? — qu'il n'osèrent pas lui interdire la porte, bien que les visites fussent théoriquement réservées aux seuls « proches ». Ils introduisirent dans la chambre de Tchekhov le vieil homme barbu, à la physionomie farouche, en lui faisant mille courbettes. Tolstoï avait une piètre opinion de Tchekhov en tant qu'auteur dramatique (il trouvait que ses pièces étaient trop statiques et qu'elles manquaient de hauteur morale ; « Où vos personnages vous conduisent-ils ? s'écria-t-il un jour lors d'une conversation avec Tchekhov. — Du divan où ils sont couchés jusqu'au cabinet du débarras, aller et retour »), mais par contre il aimait bien ses nouvelles. Et puis, tout simplement, il l'aimait en tant que personne. Il avait dit à Gorki : « Ah ! quel cher et bel homme ! Il est modeste et silencieux comme une demoiselle ! Et il marche comme une demoiselle. Il est tout simplement merveilleux. » Et Tolstoï écrivait dans son *Journal* (en ce temps-là, tout le monde tenait un journal ou un carnet de bord) : « Je suis heureux d'aimer (...) Tchekhov. »

Après s'être débarrassé de son gros cache-nez et de

6

sa pelisse en peau d'ours, Tolstoï s'assit au chevet de
Tchekhov. Le malade était sous médication et il lui
était défendu de parler, et à plus forte raison de
soutenir une conversation, mais Tolstoï n'en tint
aucun compte. Il se lança dans un discours passionné
sur ses théories relatives à la survie de l'âme, que
Tchekhov, médusé, fut bien obligé d'écouter. Plus
tard, il écrirait au sujet de cette visite : « Tolstoï pense
que nous tous — hommes et animaux — survivrons
au sein d'un principe — raison ou amour — dont
l'essence et le but demeurent un mystère. (...) Je n'ai
rien à faire de cette sorte d'immortalité. Je ne la
comprends pas, et Lev Nicolaïevitch a été très peiné
de mon incompréhension. »

Néanmoins, Tchekhov fut profondément touché
par la sollicitude dont témoignait la visite de Tolstoï.
Mais contrairement à lui, il ne croyait pas et n'avait
jamais cru à la survie de l'âme. Il ne croyait à rien qui
ne pût être appréhendé par l'un au moins de ses cinq
sens. En ce qui concernait sa conception de la vie et de
la littérature, il avait déclaré un jour qu'il était
dépourvu de « toute vision du monde politique,
religieuse ou philosophique. J'en change tous les mois,
et par conséquent je dois me borner à décrire la
manière dont mes personnages aiment, se marient,
font des enfants, trépassent, et à restituer leur façon de
parler ».

Quelques années plus tôt, alors que sa tuberculose
n'avait pas encore été décelée, Tchekhov avait noté :
« Quand un paysan est atteint de consomption, il dit :
" Je n'y puis rien. Je m'en irai ce printemps, avec la
fonte des neiges. " » (Tchekhov lui-même mourut
l'été, en pleine canicule.) Mais à partir du jour où sa
propre tuberculose fut diagnostiquée, il s'entêta inlas-
sablement à minimiser la gravité de son cas. Appa-

remment, il est resté persuadé jusqu'au bout qu'il lui serait possible de se débarrasser de son mal comme s'il ne s'était agi que d'une toux rebelle. Dans ses tout derniers moments, il semblait encore avoir une foi inébranlable dans son prochain rétablissement. Un mois avant sa mort, il allait jusqu'à écrire à sa sœur qu'il « engraissait » et qu'il se sentait beaucoup mieux depuis son arrivée à Badenweiler.

Badenweiler est une petite station thermale située à la bordure occidentale de la Forêt-Noire, à quelque distance de Bâle. Les Vosges sont visibles d'à peu près n'importe quel point de la ville, et en ce temps-là l'air y était pur et vivifiant. La station avait depuis longtemps une clientèle fidèle de Russes qui s'y rendaient régulièrement pour y prendre les eaux et en arpenter les promenades. Au mois de juin 1904, Tchekhov alla y mourir.

Dans les premiers jours du mois, il avait effectué le pénible trajet en train de Moscou à Berlin. Il voyageait avec sa femme, l'actrice Olga Knipper, dont il avait fait la connaissance en 1898 durant les répétitions de *La Mouette*. Les auteurs contemporains la décrivent comme une comédienne de premier ordre. Elle était belle, talentueuse, et elle avait dix ans de moins que le dramaturge. Tchekhov avait été séduit par elle au premier regard, mais il était lent à traduire ses sentiments en actes. Comme toujours, il préférait le flirt au mariage. Au bout d'une cour de trois ans marquée par de nombreuses séparations, des échanges épistolaires et d'inévitables malentendus, il se décida enfin à demander la main d'Olga et ils se marièrent à Moscou le 25 mai 1901, dans la plus

stricte intimité. Tchekhov était au comble du bonheur. Il appelait Olga « mon petit cheval », ou
quelquefois « mon petit chien ». Il aimait aussi à lui
dire « mon petit dindon », ou bien, simplement, « ma
joie ».

A Berlin, Tchekhov se rendit à la consultation d'un
phtisiologue éminent, le professeur Karl Ewald. Aux
dires d'un témoin oculaire, après avoir examiné
Tchekhov, le professeur leva les bras au ciel et sortit
de la pièce sans rien dire. Tchekhov était au-delà de
tout traitement : le docteur Ewald s'en voulait de ne
pas pouvoir faire des miracles, et il en voulait à
Tchekhov d'être si malade.

Un journaliste russe qui était venu saluer les
Tchekhov à leur hôtel expédia à son rédacteur en chef
une dépêche dans laquelle il disait : « J'ai acquis
personnellement l'impression que les jours de Tchekhov étaient comptés. Il m'a paru gravement malade :
il était affreusement maigre, toussait, cherchait sa
respiration au moindre mouvement et avait toujours
une forte température. » Le même journaliste accom-
pagna Tchekhov et Olga à la gare de Potsdam
lorsqu'ils allèrent prendre le train pour Badenweiler.
« Tchekhov a eu du mal à gravir le petit escalier de la
gare, écrivit-il. Il s'est assis plusieurs minutes pour
essayer de retrouver son souffle. » De fait, Tchekhov
souffrait à chaque pas : ses jambes l'élançaient continuellement, et il avait des douleurs d'entrailles. La
tuberculose avait gagné les intestins et la moelle
épinière. A ce moment-là, il n'avait plus qu'un mois à
vivre. Désormais, quand il parlait de son état, c'était,
au dire d'Olga, « avec une désinvolture qui frisait
l'inconscience ».

Le docteur Schwörer était l'un des nombreux
praticiens de Badenweiler qui gagnaient confortable-

ment leur vie en traitant les gens aisés qui venaient y chercher le soulagement de toutes sortes de maux. Certains de ses patients étaient malades et infirmes, d'autres simplement vieux et hypocondriaques. Mais Tchekhov était un cas à part : son état était désespéré, et il était visiblement au bout du rouleau. C'était aussi quelqu'un de très célèbre. Même le docteur Schwörer connaissait son nom, ayant lu un certain nombre de ses nouvelles dans une revue allemande. Quand il examina l'écrivain, dans la première semaine de juin, il lui fit part de la haute estime dans laquelle il tenait ses écrits, mais par contre il garda son pronostic pour lui. Il se borna à lui prescrire une diète appropriée : cacao, bouillie d'avoine généreusement beurrée et thé à la fraise — lequel était censé faciliter le sommeil du malade.

Le 13 juin, soit moins de trois semaines avant sa mort, Tchekhov écrivit à sa mère une lettre dans laquelle il lui annonçait que sa santé s'améliorait. « Il est probable que, dans une semaine, je serai tout à fait guéri », lui disait-il. Qu'est-ce qui le poussait à dire cela ? Peut-on savoir ce qu'il pensait vraiment ? Étant médecin lui-même, il ne pouvait pas être dupe. Il était en train de mourir, c'était aussi simple et inévitable que ça. Néanmoins, il allait s'asseoir sur le balcon de sa chambre d'hôtel et passait des heures à étudier des horaires de chemin de fer. Il demandait qu'on le renseignât sur les dates de départ des bateaux qui assuraient la liaison entre Marseille et Odessa. Mais il *savait*. A ce stade, il devait forcément savoir. Pourtant, dans une de ses toutes dernières lettres, il affirmait à sa sœur qu'il récupérait avec une rapidité incroyable.

Cela faisait longtemps déjà qu'il avait perdu tout appétit pour le travail littéraire. Un an plus tôt, il avait même été à deux doigts de ne pas achever *La*

Cerisaie. La rédaction de cette pièce avait été la plus
dure épreuve de sa vie. Vers la fin, il n'arrivait plus à
produire que cinq ou six lignes par jour. « Je
commence à manquer de courage, écrivait-il à Olga.
Il me semble que, comme écrivain, j'ai fait mon
temps, et chaque phrase que je trace me paraît
médiocre et complètement inutile. » Pourtant, il avait
persévéré. Il termina *La Cerisaie* au mois d'octobre
1903 et n'écrivit plus jamais rien d'autre, hormis des
lettres et quelques notes dans ses carnets.

Le 2 juillet 1904, un peu après minuit, Olga envoya
quérir d'urgence le docteur Schwörer : Tchekhov
délirait. Le hasard avait voulu que la chambre voisine
fût occupée par deux étudiants russes en vacances, et
Olga s'était précipitée chez eux pour leur expliquer la
situation. L'un des deux jeunes gens dormait déjà,
mais son compagnon était encore debout. Il lisait en
fumant une pipe. Il quitta l'hôtel ventre à terre pour
aller chercher le médecin. « J'entends encore le bruit
de ses pas qui s'éloignaient en faisant crisser le
gravier, dans le silence de cette nuit de juillet suffo-
cante », écrirait Olga dans ses *Souvenirs*. Tchekhov
avait des hallucinations. Il parlait de marins inconnus, bredouillait des phrases incohérentes dans lesquelles il était question des Japonais. Mais quand
Olga voulut lui appliquer une poche de glace sur la
poitrine, il s'écria : « Non ! Jamais de glace sur un
ventre vide ! »

Le Dr Schwörer fit son entrée et il sortit ses
instruments de sa trousse sans quitter des yeux
Tchekhov qui haletait sur le lit. Le malade avait la
respiration entrecoupée et les pupilles dilatées. Ses
tempes étaient luisantes de sueur. Le médecin gardait
un visage de bois, car il n'était pas émotif de
tempérament, mais il avait compris que la dernière

heure de Tchekhov était venue. Toutefois, étant
médecin, il avait fait le serment de tenter l'impossible,
et Tchekhov vivait encore, même si le fil qui le
retenait à la vie était des plus fragiles. Le Dr Schwörer
prépara une seringue et il lui administra une piqûre
de camphre, afin de stimuler le cœur. Mais l'injection
resta sans effet : tout était inutile à présent. Néanmoins, le docteur annonça à Olga qu'il allait envoyer
chercher une bonbonne d'oxygène. Subitement,
Tchekhov revint à lui et, lucide jusqu'au bout,
protesta d'une voix faible : « A quoi bon ? Avant
même qu'on l'apporte, je serai un cadavre. »

Le Dr Schwörer dévisagea Tchekhov en triturant
machinalement sa grosse moustache en guidon de
vélo. Les joues de l'écrivain étaient grises, émaciées ; il
était d'une pâleur de cire ; sa respiration était proche
du râle. Le Dr Schwörer comprit qu'il n'avait plus
que quelques minutes à vivre. Sans un mot, sans en
conférer avec Olga, il se dirigea vers le petit réduit qui
dissimulait le téléphone mural. Il lut attentivement le
mode d'emploi. Il suffisait d'appuyer sur le bouton et
de tourner la manivelle placée sur le côté de l'appareil
pour entrer en communication avec le sous-sol de
l'hôtel, où se trouvaient les cuisines. Il décrocha
l'écouteur, se le colla sur l'oreille et suivit les instruc-
tions à la lettre. Quand on lui répondit enfin, le
Dr Schwörer commanda une bouteille du meilleur
champagne de l'hôtel. On lui demanda combien il
voulait de coupes. « Trois coupes ! vociféra-t-il dans le
cornet du téléphone. Et dépêchez-vous, vous m'entendez ! » Ce fut l'un de ces rares moments d'inspiration
que souvent après coup l'on néglige, car l'action est si
parfaitement appropriée qu'elle en paraît aller de soi.

Le champagne fut apporté par un jeune chasseur à
l'air exténué. Ses cheveux blonds étaient en bataille,

son pantalon d'uniforme froissé avait perdu ses plis, et dans sa hâte, il avait boutonné sa tunique de travers. A en juger par son aspect, il devait s'être assoupi au creux d'un fauteuil, quand tout à coup — Dieu tout-puissant! — la sonnerie stridente du téléphone avait déchiré le silence de la nuit; et aussitôt après, son supérieur hiérarchique l'avait secoué d'une main rude en lui ordonnant de monter une bouteille de Moët à la chambre 211 (« Et dépêchez-vous, vous m'entendez? »).

Le chasseur pénétra dans la chambre avec un plateau d'argent qui supportait un seau à champagne de la même matière et trois coupes en cristal taillé. Il disposa le seau et les coupes sur un guéridon tout en se dévissant le cou pour essayer de discerner ce qui se passait dans la chambre voisine, d'où lui parvenaient des halètements désespérés. Le son était horrible, déchirant. Le râle redoubla d'intensité, et le jeune homme se détourna en abaissant le menton contre le col de sa tunique. Son regard glissa vers la fenêtre et il se mit à fixer distraitement la masse sombre de la ville endormie. Ensuite, un homme grand et imposant, avec une grosse moustache, vint lui fourrer des pièces de monnaie dans la main (au toucher, il devina qu'il s'agissait d'un pourboire généreux) et il se retrouva brusquement devant la porte ouverte. Il avança de quelques pas, s'arrêta sur le palier, ouvrit la main et regarda les pièces qu'elle contenait d'un air abasourdi.

Le Dr Schwörer entreprit de déboucher la bouteille de champagne. Il fit cela méthodiquement, comme tout le reste, et en s'efforçant d'atténuer la joyeuse explosion. Il remplit les trois coupes, puis, d'un geste machinal, replaça le bouchon dans le goulot de la bouteille et l'enfonça de la paume. Ensuite il s'avança vers le lit avec les coupes pleines. Olga lâcha momentanément la main de Tchekhov (cette main qui lui brûlait les doigts, comme elle l'écrirait par la suite). Elle lui plaça un deuxième oreiller derrière la nuque, puis elle lui mit la coupe glacée dans la main et lui referma soigneusement les doigts autour de la tige. Tchekhov, Olga et le Dr Schwörer échangèrent des regards, mais ils ne trinquèrent pas. A quoi diable auraient-ils bien pu boire ? A la mort ? Rassemblant le peu de forces qui lui restaient, Tchekhov murmura : « Il y a si longtemps que je n'avais pas bu du champagne », puis il porta la coupe à ses lèvres et il but. Quelques instants plus tard, Olga prit la coupe vide et la posa sur la table de nuit. Tchekhov se tourna sur le flanc, ferma les yeux, et soupira. L'instant d'après, sa respiration cessa.

La main de Tchekhov était retombée sur le drap. Le Dr Schwörer la saisit, lui posa deux doigts sur le poignet et sortit de son gousset un oignon en or dont il souleva le boîtier du pouce. La grande aiguille tournait, très lentement. Il lui laissa faire trois fois le tour du cadran en guettant une pulsation. Bien qu'il fût près de trois heures du matin, il régnait encore une chaleur d'étuve dans la chambre. Badenweiler était la proie de la pire vague de chaleur qu'on y eût connue depuis bien des années. Toutes les fenêtres de l'appartement étaient ouvertes en grand, mais il n'y avait pas un souffle d'air. Un gros papillon de nuit aux ailes noires était entré par la fenêtre et il se cognait follement contre la lampe allumée. Le Dr Schwörer lâcha le poignet de Tchekhov. « C'est fini », dit-il. Il referma le boîtier de sa montre et la remit dans la poche de son gilet.

Aussitôt, Olga sécha ses larmes et se composa un visage serein. Elle remercia le médecin de sa venue. Le Dr Schwörer lui proposa de lui administrer un sédatif; du laudanum, peut-être, ou quelques gouttes de valériane. Elle déclina sa proposition d'un signe de tête, mais elle lui dit qu'en revanche elle avait une faveur à lui demander : elle aurait voulu rester seule un moment avec Tchekhov avant que les autorités fussent averties, que la presse ne s'emparât de l'affaire, et qu'on le retirât de sa garde. Le docteur aurait-il l'obligeance de l'y aider ? Pourrait-il surseoir, provisoirement au moins, à l'annonce du décès ?

Le Dr Schwörer lissa sa grosse moustache du pouce. Bah, pourquoi pas après tout ? Que la nouvelle soit annoncée sur-le-champ ou seulement dans quelques heures, quelle importance ? Il ne lui restait plus qu'à remplir et signer le certificat de décès, et il pourrait le faire à son cabinet un peu plus tard dans la matinée, après avoir pris un peu de sommeil. D'un hochement de tête, il donna son assentiment à Olga avant de prendre congé d'elle. Il marmonna quelques mots de condoléances, et Olga inclina la tête. « Ça a été un honneur pour moi », dit le Dr Schwörer. Ensuite il prit sa trousse et sortit de la chambre — et de l'Histoire par la même occasion.

A cet instant précis, le bouchon de la bouteille de champagne sauta et un peu de mousse se répandit sur le guéridon. Olga regagna la chambre de Tchekhov et s'assit à son chevet sur un tabouret. Elle lui tenait la main, et de temps en temps lui caressait le visage. « On n'entendait aucune voix humaine, écrivit-elle dans ses *Souvenirs*. Il n'y avait pas l'agitation de la vie quotidienne. Il n'y avait que la beauté, la paix et la grandeur de la mort. »

Elle demeura auprès de Tchekhov jusqu'au lever du jour. Alors des grives se mirent à chanter dans le jardin de l'hôtel. Ensuite elle perçut le bruit de tables et de chaises que l'on déplaçait. Peu après des voix parvinrent à ses oreilles, et sur ces entrefaites on frappa à la porte. Elle crut bien sûr qu'il s'agissait d'un officiel quelconque : le médecin légiste, ou bien un homme de la police qui allait l'interroger et lui faire remplir un formulaire. L'idée lui vint même que c'était peut-être le Dr Schwörer ramenant un ordonnateur de pompes funèbres qui se chargerait d'embaumer la dépouille mortelle de Tchekhov et de la faire rapatrier en Russie.

Mais en ouvrant la porte, elle ne trouva en face d'elle que le jeune chasseur blond qui leur avait monté le champagne quelques heures plus tôt. Cette fois, son pantalon d'uniforme était repassé de frais, le pli en était impeccable, sa tunique verte était bien ajustée et chaque bouton de cuivre était en place. Il avait une tout autre allure. Non seulement il était bien réveillé, mais ses joues encore enfantines étaient rasées de près, ses cheveux soigneusement peignés, et il semblait avide de plaire. Il serrait entre ses mains un vase de porcelaine qui contenait trois roses jaunes à longues tiges. Il le présenta à Olga en claquant militairement des talons. Olga s'effaça pour le laisser entrer. Il lui dit qu'il était venu récupérer les coupes, le seau et le plateau et qu'on l'avait également chargé de la prévenir qu'en raison de l'extrême chaleur, le petit déjeuner serait servi au jardin ce matin. Il espérait que la chaleur ne l'incommodait pas trop ; il était désolé qu'il fît si mauvais temps.

La femme paraissait distraite. Pendant qu'il parlait, elle baissa les yeux et se mit à fixer un point du tapis. Elle croisa les bras, referma les mains sur ses coudes. Le chasseur, qui tenait toujours son vase, attendit patiemment un signe d'elle tout en inspectant la pièce du regard. Le soleil entrait à flots par les fenêtres ouvertes. La chambre était parfaitement en ordre, comme si personne n'y eût dormi. Pas de vêtements jetés sur les fauteuils, pas de souliers en vue, ni non plus de bas, de gaines ou de corsets, pas de valises ouvertes. Bref, aucun fouillis, rien d'autre que le banal mobilier d'hôtel, lourd et impersonnel. Et puis, comme la femme gardait les yeux baissés, le chasseur abaissa lui aussi son regard, et aperçut un bouchon par terre, juste à côté de la pointe de son soulier. La femme ne l'avait pas remarqué. Elle avait les yeux dans le vague. Le chasseur eut envie de se baisser pour ramasser le bouchon, mais il tenait toujours son vase de roses et il craignait de paraître encore plus importun en attirant l'attention sur lui plus qu'il n'était besoin. Il se força donc à laisser le bouchon où il était et à relever les yeux. Tout était parfaitement en ordre, à l'exception de la bouteille de champagne sans bouchon, à moitié vide, qui était posée sur le guéridon avec deux coupes de cristal. A nouveau, le chasseur promena son regard autour de lui. Par la porte entrouverte, il aperçut la troisième coupe sur la table de nuit de la chambre mitoyenne. Il y avait quelqu'un dans le lit ! Le visage n'était pas visible, mais la forme sous les couvertures était rigoureusement inerte. Ayant enregistré sa présence, le chasseur regarda ailleurs. Et là, sans qu'il sût pourquoi, un malaise le prit. Il s'éclaircit la gorge et

fit passer le poids de son corps d'une jambe sur
l'autre. La femme n'avait toujours pas levé les yeux, et
elle restait murée dans son silence. Le chasseur sentit
que le feu lui montait aux joues. L'idée lui vint tout à
coup qu'il devrait peut-être suggérer une alternative
au petit déjeuner dans le jardin. Il toussota pour
attirer l'attention de la femme, mais elle ne leva pas
les yeux. Il dit que s'ils le souhaitaient, les distingués
hôtes étrangers pourraient déjeuner dans leur chambre ce matin. Le chasseur (son nom n'est pas parvenu
jusqu'à nous, et il a vraisemblablement péri au cours
de la Grande Guerre) ajouta qu'il se ferait un plaisir
de leur monter un plateau. Enfin, deux plateaux,
corrigea-t-il en jetant un regard indécis en direction
de l'autre chambre.

Il se tut et passa un doigt sous le col de sa chemise.
Il n'y comprenait rien. La femme ne semblait pas
l'avoir entendu. Il ne savait plus à quel saint se vouer.
Il tenait toujours son vase. La suave odeur des roses
lui emplissait les narines et il en éprouvait un
inexplicable serrement de cœur. Depuis qu'il était
entré dans la pièce, cette femme était restée abîmée
dans ses pensées. On aurait dit que pendant tout le
temps qu'il était resté là à parler et à danser d'un pied
sur l'autre, elle avait été ailleurs, très loin de Badenweiler. Et puis elle sembla revenir à elle et son visage
perdit son expression rêveuse. Elle leva les yeux, le
regarda et secoua la tête. Elle paraissait avoir du mal
à comprendre ce que ce jeune garçon faisait dans sa
chambre avec ce vase dans lequel on avait piqué trois
roses jaunes. Des fleurs ? Elle n'avait pas demandé de
fleurs.

Le moment de stupeur passé, elle alla chercher son
sac et y puisa une poignée de pièces. Elle en sortit
aussi plusieurs billets. Le chasseur se passa la langue

sur les lèvres. A nouveau, il allait toucher un gros pourboire, mais à quelle fin ? Qu'attendait-elle de lui ? Jamais encore il n'avait eu affaire à de pareils clients. Une fois de plus, il se racla la gorge.

La femme lui dit qu'elle ne voulait pas de petit déjeuner. Pas pour le moment en tout cas. Ce matin, le petit déjeuner n'était pas le plus important. Par contre, elle avait un service à lui demander. Elle aurait voulu qu'il aille chercher un ordonnateur de pompes funèbres. Oui, un croque-mort. Est-ce qu'il la comprenait bien ? Herr Tchekhov est mort, voyez-vous. *Verstehen Sie ?* Jeune homme ? Anton Tchekhov est mort. A présent, écoutez-moi attentivement, lui dit-elle. Elle voulait qu'il descende à la réception et qu'il demande au concierge de lui indiquer l'ordonnateur de pompes funèbres le plus réputé de la ville. Quelqu'un de sûr, de méticuleux dans son travail, et qui ferait preuve de la réserve appropriée dans ses manières. Bref, un croque-mort digne d'un grand artiste. Tenez, dit-elle en fourrant les pièces et les billets dans la main du chasseur. Et dites bien au concierge que je tiens impérativement à ce que vous vous chargiez de cette mission vous-même. Vous m'écoutez ? Vous comprenez ce que je dis ?

Le chasseur faisait de son mieux pour se pénétrer du sens de ses paroles. Il évitait de regarder en direction de l'autre chambre. Quelque chose ne tournait pas rond, il le sentait bien. Il s'aperçut que son cœur battait très vite sous sa tunique et qu'il avait le front emperlé de sueur. Il ne savait pas où poser ses yeux. Et il aurait bien voulu se débarrasser de ce vase.

Je vous en prie, faites cela pour moi, dit la femme. Je vous en garderai une reconnaissance éternelle. Dites au concierge que j'insiste. Dites-lui bien cela, mais n'attirez pas exagérément l'attention sur vous-même ni sur la situation. Dites-lui seulement que c'est indispensable, que j'y tiens beaucoup et rien de plus. Vous m'entendez ? Si vous m'avez comprise, faites oui de la tête. Et surtout n'alarmez personne. Tout le reste, toute la suite, le tapage, tout cela viendra bien assez tôt. Le plus dur est passé à présent. Nous nous comprenons bien ?

Le visage du jeune homme avait blanchi. Il se tenait raide comme un piquet, les mains crispées sur son vase. Avec difficulté, il s'arracha un hochement de tête.

Après avoir obtenu la permission de quitter l'hôtel, il fallait qu'il se rende calmement et résolument, mais sans précipitation inutile toutefois, chez l'ordonnateur de pompes funèbres. Il faudrait qu'il se comporte exactement comme si on l'avait chargé d'une course très importante, mais sans plus. Du reste, c'est bien d'une course très importante qu'il s'agit, dit la femme. Et afin d'adopter une démarche appropriée aux circonstances, il n'aurait qu'à se dire qu'il devait marcher le long d'un trottoir très animé en tenant entre ses bras un vase de roses — un vase en porcelaine — qu'on l'avait chargé de livrer à un monsieur très important. (Elle parlait d'une voix très basse, presque le ton de la confidence, comme à un ami ou à un proche.) Il pouvait même se dire que cet homme l'attendait, qu'il était impatient de le voir arriver avec ses fleurs. Néanmoins, il ne fallait pas que le jeune homme s'énerve et se mette à courir, ni même qu'il presse l'allure. Il ne fallait pas qu'il oublie qu'il portait un vase ! Il devrait marcher d'un pas égal, en conférant à sa démarche le plus de dignité possible. Il marcherait de ce même pas égal jusqu'à ce qu'il ait atteint la maison du croque-mort. Une fois devant sa porte, il faudrait qu'il lève le heurtoir de bronze et qu'il le laisse retomber à trois reprises. Et là, le croque-mort viendrait lui ouvrir en personne.

Il serait sans doute quadragénaire, ou peut-être même un peu plus vieux, chauve, solidement bâti, avec des lunettes à monture d'acier posées très bas sur son nez. Ce serait un homme modeste, dépourvu de toute fatuité, qui ne poserait que les questions les plus directes et les plus nécessaires. Un tablier. Oui, sûrement, il aurait un tablier. Peut-être même s'essuierait-il les mains avec un chiffon de couleur noire tout en écoutant les explications du jeune homme. Ses vêtements dégageraient d'imperceptibles relents de formol. Mais ce n'était pas grave, il ne fallait pas que le jeune homme s'en préoccupe. Il était presque un homme à présent, et ces choses-là ne devaient plus lui inspirer ni crainte ni dégoût. Le croque-mort l'écouterait avec patience. Ce serait un homme flegmatique et plein de tact, un homme qui saurait ce qu'il fallait faire pour apaiser la terreur des gens dans ces sortes de situations, au lieu de l'aggraver. Il vivait depuis belle lurette dans l'intimité de la mort; il la connaissait sous toutes ses facettes et dans tous ses avatars, et dans ce domaine il n'y avait plus pour lui de surprise possible, et plus aucun mystère. C'est les services d'un tel homme qui étaient requis ce matin.

Le croque-mort prend le vase de roses. Une seule fois tandis que le chasseur lui parle, une lueur d'intérêt s'éveille dans son regard, laissant supposer qu'il a entendu quelque chose qui sort de l'ordinaire. Oui, la seule fois où le chasseur mentionne le nom du défunt, les sourcils du croque-mort se soulèvent imperceptiblement. Tchekhov, avez-vous dit? Bien, un instant, je suis à vous.

Vous comprenez ce que je dis? demanda Olga au chasseur. Laissez ces coupes. Ne vous en souciez pas.

Oubliez les coupes de cristal et tout cela. Laissez la chambre comme elle est. Tout est prêt maintenant. Nous sommes prêts. Irez-vous ?

Mais déjà le chasseur ne pensait plus qu'au bouchon qui était toujours par terre à côté de la pointe de son soulier. Pour le ramasser, il aurait fallu qu'il se penche, sans lâcher le vase. C'est ce qu'il allait faire. Il plia le buste et, sans même baisser les yeux, cueillit le bouchon du bout des doigts et l'emprisonna au creux de sa paume.

POUR SALUER RAYMOND CARVER

Les éditeurs se livrent rarement. Ils n'ont pas tort. Le devoir de réserve imposé par un métier qui tient à la fois du directeur de conscience, de l'imprésario et du banquier, sans oublier les délices secrètes de l'amitié, et une méfiance toute personnelle à l'égard des fausses confidences m'inciteraient plutôt au silence. En écrivant ces pages, du moins suis-je certain de ne trahir personne, sinon moi-même. Ce sont là des souvenirs d'ordre privé. Leur seul intérêt à mes yeux est d'éclairer d'un jour familier un homme qui, ces derniers temps, avait pris dans ma vie une place singulière. A leur manière oblique, ils reflètent les questions — demeurées sans réponses — que la fréquentation de cet homme avait éveillées en moi.

I

Il y a cinq ans, je marchais dans les rues de New York lorsqu'une averse, fréquente à cette période de l'année — nous étions en avril, et la brume s'enroulait au sommet des buildings, dessinant dans le ciel des volutes compliquées —, m'obligea à me réfugier dans une librairie de la Cinquième Avenue. Pour passer le temps je pris un volume au hasard sur l'une des piles *posées à portée de ma main et commençai à lire. Très vite, une émotion m'envahit, au point qu'il me fallut à plusieurs reprises interrompre ma lecture, comme pour me convaincre que je ne rêvais pas. Le nom de l'auteur ne m'était pas inconnu. Mais j'ignorais jusqu'à cet instant qu'il fût celui que j'étais venu chercher en traversant l'Atlantique. Outre l'excitation de la découverte, j'avais le sentiment que l'aventure ne faisait que commencer. Ce sentiment, et le caractère d'impérieuse nécessité qui s'y attachait, n'eût été qu'une banale illustration de la réversibilité des effets et des causes — paradoxe bien connu des amoureux, et qui les conduit à chercher des raisons là où les autres ne voient que le hasard —, s'il n'avait précisément entraîné ce qui allait suivre.*

Raymond Carver avait trouvé un éditeur. Il me restait à le lui faire savoir. Nous échangeâmes quelques lettres. Je l'assurai de mon dévouement. Il me répondit, sur le ton affable et précis qui était le sien, en me demandant des détails sur le plan de publication. Le volume dont j'avais commencé la lecture à New York parut en France quelques mois plus tard. Sa sortie suscita l'enthousiasme d'un petit cercle de fanatiques ; elle fut aussi à l'origine d'un malentendu. La prose concise de Carver, la subtilité d'une écriture dont le dépouillement touchait parfois à l'abstraction étaient un piège dans lequel s'engouffrèrent certains critiques trop pressés, résolument fermés à l'understatement anglo-saxon. (Bill Buford, le bouillant éditeur de la revue Granta, et qui n'en était pas à sa première provocation, n'avait-il pas inventé à son propos le terme de dirty realism ?) Il est vrai que Carver ne s'était pas avisé de donner le mode d'emploi de ses livres ; et que ses personnages favoris — chômeurs à la dérive, serveuses de restaurant, voyageurs de commerce ou rednecks amateurs de bière et d'histoires de chasse — ne ressemblaient pas aux yuppies déjà en vogue chez les romanciers de la côte est.

Je l'invitai à Paris. Notre première rencontre, dans le petit salon de l'hôtel des Saints-Pères, m'a laissé le souvenir d'une poignée de main un peu cérémonieuse, comme c'est souvent le cas lorsque les mots sont impropres à traduire une émotion trop longtemps contenue, et que les corps se heurtent, embarrassés. Tess Gallagher, sa compagne, ignorant nos salamalecs, s'enquit avec bonne humeur de l'heure du dîner. Pendant le repas, à la Coupole, il me fut difficile de m'arracher au regard de Carver. Je crus y lire toutes les nuances d'une bonté tour à tour teintée d'ironie et de mélancolie, tandis qu'il nous livrait, avec une souveraine indifférence au bon ton, l'histoire de sa vie, tout en me mitraillant de questions indiscrètes. Au dessert, il m'invita à pêcher le saumon, chez lui, à Port Angeles, État de Washington. Ce serait l'occasion, dit-il, de nous mieux connaître ; et, pour moi, de rencontrer quelques-uns de ses plus vieux amis, qui seraient aussi de la partie. En guise de réponse, je griffonnai sur la nappe en papier du restaurant un personnage hilare, muni d'une canne à pêche, et qui prononçait les mots fatidiques : « Where is the fish ? »

II

Trois mois plus tard, arc-bouté à l'arrière d'un bateau filant ses quinze nœuds sur les eaux houleuses du Pacifique Nord, et ayant oublié jusqu'au mal de mer qui me tordait les tripes, je m'efforçais de ramener un saumon dont le poids ne pouvait être que fabuleux, eu égard à la formidable traction qu'il exerçait sur la ligne. Depuis combien de temps luttais-je ainsi ? Il me semblait que j'avais toujours été là, engourdi par la douleur, titubant sur le pont rendu glissant par les embruns, soumis à la tentation de déclarer forfait en dépit des exhortations de Richard Ford. Je n'ignorais pas que, eussé-je succombé à la fatigue, au découragement, ou à ce qu'en mon for intérieur je ne pouvais que nommer ma lâcheté, nul ne se serait substitué à moi, et que le saumon géant, rendu à sa liberté, en aurait fait bon usage pour ne jamais revenir. Toutes sortes d'idées baroques se bousculaient à la surface de mon esprit, avec une clarté d'autant plus vive que celui-ci restait tranquille dans ses profondeurs, comme indépendant de la scène qui se jouait. Je revoyais mon arrivée, dans le petit avion de Seattle, la colonne de fumée qui s'élevait au-dessus de l'usine de conserves, les montagnes qui soudain avaient basculé à notre rencontre lorsque le pilote avait piqué sur l'étroite piste d'atterrissage. La maison de Tess, au bord de l'océan, cette skyhouse *qui ne méritait jamais mieux son nom qu'au soleil levant, quand les flots de lumière irisaient ses parois de verre. Je me rappelle avoir pensé que le saumon et moi ne faisions qu'un, et que les efforts qu'il déployait pour se libérer resserraient un peu plus à chaque instant notre union. Je me souviens aussi des lunettes de soleil à l'absurde monture en plastique rose qui ne cessaient de glisser sur mon nez, rendant plus incertaine encore ma vision brouillée par le mélange de sueur et d'eau salée qui me piquait les yeux.*

Le saumon cessa ses zigzags ; la ligne reprit du mou. Le skipper, qui avait progressivement réduit l'allure, mit le bateau en panne. Je grimpai sur le rouf, suivi par le bait-boy, prêt à me ceinturer si je basculais par-dessus bord. Un grand calme était tombé. Au loin, une chaîne montagneuse, aux pentes couvertes d'arbres touffus, semblait plonger directement dans l'océan dont la surface s'agitait doucement. La côte de la Colombie britannique tremblait sous le soleil, dans une sorte de brume étincelante. Il était là, quelque part sous la coque, rassemblant ses forces, pensai-je, dans une ultime tentative pour sortir du piège où il était venu se prendre. Le saumon émergea. Je le vis s'élever dans les airs, avant de comprendre que c'était moi qui le tirais ainsi hors de l'eau, tandis que le skipper, surgissant à ma droite, le cueillait au vol d'un coup de filet et tombait à la renverse sous l'impact.

Comme je l'appris plus tard, le saumon ne pesait pas moins de quarante livres. Cette précision, arithmétique, loin de me rassurer sur la réalité de l'événement que je venais de vivre, ne fit qu'augmenter ma perplexité. Si j'étais le héros du jour, alors jamais on ne vit héros plus troublé que ce garçon pâle, au sourire hésitant, fixant l'objectif du photographe anonyme chargé d'immortaliser la scène. Le saumon avait saigné avant de mourir, maculant mon jean et mes souliers d'auréoles noirâtres. J'étais sonné. Pourtant, je percevais tout ce qui m'entourait avec une acuité inhabituelle. Cette ivresse lucide s'accompagnait d'un curieux sentiment de respect, et, pour ainsi dire, de compassion envers la créature à qui je venais d'ôter la vie. Mon regard croisa celui de Ray Carver. Il sourit. Il savait.

III

Le 16 mai 1988, la pluie était encore au rendez-vous quand je poussai la porte à tambour du Saint-Regis où m'attendaient Carver et Tess. La maladie qui devait l'emporter quelques mois plus tard le contraignait à subir un traitement douloureux. Il ne laissait rien deviner de ses souffrances et plaisantait, comme d'habitude. Répondant à l'invitation de l'American Academy and Institute for Arts and Letters, où John Updike et quelques autres s'apprêtaient à le recevoir, avec tous les honneurs dus à son rang, il avait accepté de se rendre à New York, sans se soucier de la fatigue que ne manquerait pas de lui causer un long voyage en train. En outre, il s'était engagé à faire une lecture publique dans une librairie de l'Upper East Side et une séance de dédicaces chez Scribner's. Je l'y accompagnai. Par deux fois, je mesurai la ferveur que lui vouaient ses lecteurs. Ils étaient venus en masse à sa rencontre, et le petit groupe de disciples qui l'entourait avait fort à faire pour le protéger de ces débordements aussi sincères qu'encombrants. C'est là que je vis *pour la dernière fois cet homme qui s'était voulu ordinaire et dont la grandeur, désormais, ne pouvait passer inaperçue. « Je voudrais être semblable à n'importe quel habitant de ce quartier : un type normal, banal, absolument quelconque », dit l'un de ses personnages. Qui était Raymond Carver ?*

La pauvreté, l'alcool, l'avaient durement marqué. Le mot écrit le sauva. Aussi, parfois, son travail semble une ascèse héroïque. Nourri de Flaubert, de Tchekhov, de Babel, Carver composait des récits elliptiques où passait le souffle d'un antique fatum. *« No cheap tricks », disait-il. Avant de conclure : « No tricks. » Rien en lui n'était truqué. D'où vient alors que plus d'une fois, je l'ai soupçonné de nous jouer la comédie ? S'il accordait, dans ses nouvelles, tant d'importance à des faits apparemment insignifiants — contretemps mineurs, rendez-vous manqués, paroles en l'air —, c'était pour mieux en ordonner le sens à sa guise. Il avait écrit : « Les influences sont des forces ; qu'elles émanent des circonstances ou de la personnalité, elles sont irrésistibles, comme la marée. Celles dont j'ai connaissance m'ont jeté sur des chemins qui m'ont souvent paru mystérieux au premier abord ; il est arrivé qu'elles s'arrêtent au seuil du miraculeux. » Et il poursuivait : « Mais si l'influence principale qui s'est exercée sur ma vie et sur mes écrits se trouve être de nature négative, oppressante et parfois maligne, comme c'est selon moi le cas, que dois-je faire ? »*

À force de scruter ces courants invisibles, d'interroger sans relâche les inflexions de la voix humaine comme celles de son propre destin, Carver avait acquis la capacité de tracer sur le papier des vies imaginaires plus vraies que nature. Mais son pouvoir ne s'arrêtait pas là. À notre insu, il avait fait de nous ses personnages.

Qu'étais-je venu faire à Port Angeles ? J'avais suivi une ligne de force, à un moment de ma vie où tout me semblait incertain. J'ignorais où me mènerait ce bateau. C'était une raison suffisante pour m'y embarquer, sans armes ni bagages.

A ma grande surprise, j'étais attendu. Et je ne peux m'empêcher de penser aujourd'hui que l'art de Carver, dans sa vie comme dans ses livres, fut de faire ainsi la courte échelle à ses contemporains, afin de leur montrer, ne fût-ce qu'un instant, ce à quoi ils sont aveugles.

L'homme est une légende dont le sens s'est perdu. Mais le sens est toujours là, déposé au creux du langage, dans les récits que nous murmurons la nuit quand le sommeil nous fuit.

Qui est l'auteur ? Where is the fish ?

Olivier Cohen,
Paris, novembre 1988.

DU MÊME AUTEUR

Aux Éditions Mazarine

PARLEZ-MOI D'AMOUR.
TAIS-TOI, JE T'EN PRIE.
LES VITAMINES DU BONHEUR.
FIRES.

Impression Bussière à Saint-Amand (Cher),
le 13 février 1990.
Dépôt légal : février 1990.
Numéro d'imprimeur : 10403.
ISBN 2-07-038225-7. / Imprimé en France.
(Précédemment publié aux Éditions Payot
ISBN 2-228-88097-3)